GAZDA MLADEN

GAZDA MLADEN

Borisav Stanković

Globland Books

Celog života, uvek, samo je radio ono što jedan čovek treba da radi.

Još dok je bio mali, tek pošao u školu, znao je da, kao što dolikuje sinu i prvencu njihove kuće, treba da se najbolje uči, a opet da kod kuće od svih najviše se boji, poštuje babu, očevu mater. Baba je bila u kući sve i sva, svi su se nje najviše bojali i poštovali je. Za ručkom, večerom čekalo se da ona prvo sedne za sofru, ona prvo počne da jede, okusi od jela, pa tek onda oni: otac, mati... I Mladen je tako i radio. Kad bi iz škole dolazio kući, išao bi pravo onamo gde je znao da će naći babu. Prvo njoj da se javi, prvo njoj da poljubi ruku, pa i kad je poljubi, da, opet, od nje ne ide, već da ostane tako stojeći pred njom kao iščekujući da ga baba, ako ima za šta, pošalje, a on je posluša, usluži. Baba ga uvek, ako njoj ne bi trebao, slala materi da tamo njoj u kujni nađe se pri ruci, a gotovo uvek, da ako mlađi brat koji je bio na sisi plače, on ga uzme, nosi, zabavlja. I s bratom na rukama, bilo tamo kod matere u kujni, bilo ispred kuće, i zabavljajući ga, tako čeka oca da iz čaršije dođe na ručak.

I posle bi i otac dolazio. Još na kapiji sa ulice čuo bi se njegov glas, zdravljenje, željenje prijatna ručka sigurno kom komšiji s kojim je otuda iz čaršije došao. Onda bi se pojavljivao i ulazio na mali kapidžik, zatvarajući ga odmah za sobom. Teškim, krupnim koracima po kaldrmi, ispod svoda od lozinaka dolazio bi. Približujući se već bi svlačio koliju i odmah pravo išao u sobu u kojoj su ručavali. I otuda, iz sobe čulo bi se kako baca koliju u kut međ jastuke, kako seda, i odmah njegov krupan glas:

— Hajde da se ruča!

I kao da je još otkada došao, otkada tako sedi, čeka na ručak, nestrpljivo, gladno počeo bi da žuri.

— Hajde, hajde da se ruča! Gde je nana? Zovite je.

Mati, već uplašena, užurbano bi postavila sofru, ređala hleb, kašike, viljuške, unosila legen, peškir, ibrik vode, polivala ga, te on umio ruke. Ali babe, koja ga je sigurno čula kad je došao i čula kako viče, još ne bi bilo. U poslu, tamo po bašti je ostajala. I tek kada bi otac ne mogući više, razdražen od mirisa već usuta jela, izlomljena topla hleba, počeo čisto da grdi:

— Ama hajde! Gde je nana? — i tek tad bi se nana odzivala:

— Sad, sad!... Evo me! — i dolazila bi svlačeći zavrnute rukave. Majka bi i babu dočekivala, polivala, dodavala joj peškir.

Otac mu, kao uvek jedva dočekav da baba već sedne, prvo se ona prekrsti, prvo ona okusi od jela, jeo bi brzo, halapljivo, žureći se kao da jedva čeka da to svrši, najede se i da što pre legne, prespava, odmori se od dugog tamo u dućanu stajanja, prodavanja. I zaista, zasitivši se, ne dižući se od sofre, već samo odmaknuv se i istresav mrve iz skuta, odmah bi se izvaljivao i spavao.

Posle njega bi baba, mati i on, Mladen, nastavljali ručak, ali tiho, polako, kao kradući, da ne bi oca probudili. Tako isto bi tiho se dizali sa ručka, majka nečujno iznosila sofru i čistila, tamo u kujni ostajala da pere sudove, sprema. Baba bi već odmah posle jela opet otišla, upravo vratila se tamo otkuda je i došla, u baštu, dvorište, da nastavi prekinuti posao. Uvek švrlja, nešto šuška, čisti, pribira kamenje i parčad ćeramida palih, prebačenih sa susednih zidova, uvek naglas gunđajući, sama sebi govoreći, kao svađajući se, zbog tog sa strane i, kako se njoj činilo, namerno ubačenog kamenja.

Otac bi spavao kratko, burno, hrčući. Posle spavanja čisto bi skočio, umio se, i brzo, nemajući kada, već usput navlačeći koliju, kao da se ne zadocni, odjurio bi natrag u čaršiju, u dućan.

Mati bi, kao oslobođena očevim odlaskom a svršivši sav posao u kujni, tek tada ulazila u sobu i sedala kod prozora. Uzimala bi ili pletivo ili oprano rublje da šije, krpi i gleda kroz prozor na dvorište, baštu, kapiju, ulicu.

I onda bi nastao onaj posle ručka kućni, tih mir. Čudan i čisto nem mir. U kome svi oni: i Mladen ispred kuće s knjigom ili tablicom, i baba u bašti, i mati mu unutra opkoljena belinom rublja, odudarajući od tamnog crvenila po sobi prostrtih ćilima, jastuka, i oko njih cela kuća, i okolni zidovi, a tako su izgledale i susedne kuće, tako ulica, tako iza njih čaršija iz koje se čuo tih žagor — sve kao da se odmara, leži. Kao posle ručka, pa sve zasićeno, umorno, nekako uvučeno, čudno, nemo ocrtava se, tako da se gore, više kuće im, po nebu čisto osećalo kako podne, vreme ide, prolazi dan, mrak nailazi.

Taj podnevni, posle ručka kućni mir naročito se jače, više osećao kod njih, zbog kuće im. Visoka, uvučena i ograđena visokim zidovima i visokom dvokrilnom kapijom. Kad se iz čaršije ulazilo u ulicu, odmah bi se nailazilo na njinu kapiju. Ona se isticala kako svojom veličinom tako i zidom uličnim, koji je bio od ostalih viši i uvek pokriven zdravim, jakim ćeramidama. I pored toga, tu, do kapije, ispod nje, navek nagomilano, istovremeno po nekoliko kola greda i kamenja što je tu i zimi i leti zariveno u zemlji stajalo, čekalo za neka zidanja, potrebu ako se ukaže. Ali kad bi se kapija otvorila, pa u nju ušlo, čovek bi se trzao. Bunila bi ga ona udaljenost kuće i golemo dugo dvorište. Čisto kao da bi se upadalo, tako bi se silazilo i dugom kaldrmisanom putanjom išlo ka kući. Kuća je bila tamo, u dnu. Visoka, na dva sprata. Sa kapije videla bi se samo njena jedna strana, i gornji boj koji, okrenut naniže, okrečen, beleo se, dok od donjeg sprata samo se videli direci trema i tamo unutra u polutami kujna, sobe. Licem kuće, celom njenom širinom, ispred nje, protezala se bašta i gubila naniže. Suprotni, komšijski zid nije se video od silnog drveća koje je bilo veliko, staro, razgranato. A odmah ispred same kuće, gde je bio trem, ploče, česma, šimširi, bile su loze čardaklije koje su, penjući se do gornjeg sprata, razgranjujući, šireći se i mešajući se sa lišćem i drvećem iz bašte, činile jedan zeleni svod koji je od kuće naniže jednostavno, gusto, protezao se a samu kuću kao polovio i činio da se inače tamni donji sprat gotovo ne vidi a da se više tog zelenog svoda gornji boj jače, više ističe i beli sa redom okrečenih soba. Sa toga gornjeg sprata videla se ne samo cela ulica koja se svojom krivinom, krovovima čas niskih čas visokih kuća i dimnjaka, širila i gubila u njivama, nego čak se gledalo izvan varoši. Celo polje, breg sa baždarnicom od koje se videlo kako širok, beo drum silazi, uvodi u varoš. Iza baždarnice mogla su da se nazru Dva brata, Čuke, Čukovo sa svojim po padinama raštrkanim i išaranim selima. Odozgo, sa strane, videla se cela gornja varoš. Turski deo, zbijen, kao u rupi, pun krovova, čardaka, krivih tesnih ulica; sa sahat-kulom, amamom. Gore, u čelu varoši, belela se gola, raštrkana ciganska mahala iza koje se tamnela zelena Ćoška, a opet iza nje visoko do neba dizala se isprepukla, kamena Pljačkovica i Krstilovica...

To je bio taj njihov, čuveni čardak, kuća, gornji sprat koji, opkoljen zidovima, ulicom, čaršijom, nije se video a sa koga se sve videlo; taj čuveni „baba-Stanin čardak". Naročito kada bi duboko u noći gore, na čardaku, bilo osvetljeno, video bi se, raspoznavao, i putnici, kiridžije, tešeći sebe što su u noć ipak na vreme došli, govorili bi:

— Još sede baba-Stanini!

Sa kapije se upadalo i išlo kaldrmisanom putanjom. Ispred kuće bio visok ćutuk i česma sa koje je voda tekla i sveže padala i natapala baštu. Trem, ograđen direcima koji su držali gornji sprat, patosan starim izlomljenim pločama. U njemu se navek osećala vlaga i tmina. Svetlost u celom donjem spratu, spavaćoj sobi, dolazila je od prozora pozadi kuće. Lomila se po kujni, ognjištu, rafu, sudovima. Navek jedna strana kujne bila u mraku, te je celog dana tamo gorela sveća, da bi se moglo da radi. Stepenice koje su vodile na gornji boj, istina, bile su stare, ali od svakodnevnog ribanja žutele su se i mirisale, kao što je i od gornjeg sprata dolazio miris opranosti, izvetrenosti. Istina, Mladen nije sasvim znao taj gornji sprat, jer nikada nisu smeli da se tamo penju, jedino o slavi, Uskrsu, Božiću.

Znao je samo da su tamo, u sobama, najskuplji pirotski ćilimi, srebrni zarfovi za šolje, kondiri, ikone iz Rila, Peći, Svete gore, da jedino to tamo baba ide, namešta, sprema... A dole, iza stepenica, žutela su se vrata od podruma, više kojih su virili, kao otvori, mali prozori od babinog sopčeta. Podrum se protezao dužinom cele kuće. Bio pun. Pun bačvi, kaca, masla, sira, vune. Sve što nije moglo odmah da se troši. Čak i sam je Mladen za to već slušao da je u njemu bilo i para što ih je zakopala baba. I to starog novca, koji je baba krila, i ni dedi, pokojnom mužu svom, pa sada ni sinu, ocu Mladenovom, nikom ne kazivala, kao da se bojala da oni, ako vide kako imaju toliko novaca, ne napuste radnju, dućan, ne oslobode se i ne postanu meki, raskošni.

Jer, jednoga dana umalo ne propali. Tako se govorilo, mada se to nikad po njihovoj kući nije osetilo ili videlo. Deda Mladenov, posle oca nasledivši tolika imanja i pošto bio i od babe mlađi, tek onda nastavši na punu snagu, mada je već imao sina, oca Mladenova, odjednom počeo da rasipa, troši. Što je najgore, sa pravim begovima i Turcima po Skoplju i Prizrenu da se u rasipanju, raskoši i bančenju nadmeće. Jednog dana na ženske i karte gotovo sve dao, izgubio. Sve trebalo da se rasproda. I onda, tako se govorilo, baba krišom, ne govoreći nikome, sama, samo s jednim rođakom, i, kako pričaju, preobučena u muško odelo prešla granicu, otišla u svoje rodno mesto tamo oko Peći i Vučitrna i sva imanja rasproda, donese novac i plati. Ostatak novaca zakopala u podrumu. I tako sve spasla. I od tada sve ona uzela u svoje ruke.

Docnije, u starosti, deda šlogiran, tamo u dućanu samo sedi. Sin, otac Mladenov, koji je bio već dorastao, naplaćivao, prodavao. Uveče on babi donosio novac, davao joj računa. Istina, sve to izvan njih samih, izvan kuće, u mahali, čaršiji i među svetom se nije znalo, nije smelo da se opazi i oseti. Spolja, sve što je bilo vezano za kuću, za ime, bilo je isto kao i pre. Grobovi uvek su kao pre bili čisti i sa zapaljenim kandilom, u crkvi jednako je gorelo ono zlatno kandilo, poklon, dar njihove kuće. Na Božić, Uskrs, o slavi i dalje se hapsencima po zatvorima nosila jela i pića; prosjacima i dalje se razdavalo. Na slavi, imendanu i dalje bila večera, gozba. Ali ne kao pre. Taj potres, posrnuće, koje se tako jako krilo, baš na tim gozbama, večerama, među najužim krugom rodbine, baš se tad najjače ispoljavao. Sve je bilo drukčije. Poznavalo se to po čašama vinskim, u kojima je, istina, bilo najbolje vino, ali nikad ne napunjene do vrha, da se preliva, već čiste, sa po dva prsta koliko treba prazne; po čistom uokvirenom jelu u sahanima, a ne da su ubrljani, presipani... Tako i po samim sobama, odajama. Istina da su kao i pre bile otvorene, osvetljene, nameštene kao što treba, ali ne onako toplo jako ugrejane, ututkane. I što se približavalo kraju večere, vreme dizanju, odlaženju, one bi sobe, cela kuća čisto bile sve hladnije. Istina se i dalje ložilo i dalje posluživalo, nudilo, tek...

To je bila ta njihova kuća u kojoj se navek znalo ko je i šta je ko. Prva uvek bila baba, pa onda otac, pa Mladen, i tek onda mati i mlađi brat. Baba uvek u kratkoj, do članaka koliji, sa zadignutim i za pojas zadenutim peševima da joj u poslu ne smetaju. Malo pogrbljena. Zabrađena zatvorene boje šamijom da joj jače odskače i beli joj se vezena oko vrata bela maramica. Suva, pametna, stroga lica; očiju uvek jako, jasno otvorenih, uzdignutih, malo nabranih. Uvek u poslu i to sve oko kuće, tamo po gornjem boju, sobama, odajama. Čisto sasvim odvojena od kujne, gotovljenja, spremanja, kao neki gost u kući a opet držeći sve u svojim rukama. Sve ključeve od podruma i od onog njenog sopčeta, od sanduka, kovčega u kojima su stajale nove, stajaće haljine, novac i druge dragocenosti. I za sve morali nju da pitaju, od nje da ištu. Ali i ona se o svima njima po kući brinula. O materi, ocu, o njemu, Mladenu, i mlađem bratu. Uvek da imaju ako ne najbolja odela a ono uvek čista, nezakrpljena. Da se, kao i nekad, basma, svile, vezovi, šamije kad prispeju u koju trgovinu, prvo kod njih šalju na ugled i probu. Možda to njena snaja, mati Mladenova, ima već, mada neće od silna svakidašnja posla po kujni moći nikada možda ni poneti, ali ipak moralo je da se ima, da slučajno, ko zna, ne ukaže se kakva prilika te ona ne bude postidna međ drugaricama, komšinicama. Tako isto ona je vodila brigu i o slavama, Božiću, Uskrsu. Da, kao uvek, sva rodbina tu kod njih bude, iz crkve prvo se kod njih dođe na čestitanje. A i da otac sa materom takođe, kad ko od njihove rodbine slavi, ne propuste da odu, čestitaju. Naročito mati da je obučena kao što treba, u najnovije haljine, da ponese dosta šećera, jabuka, krušaka, čime će darivati tamo decu. Jer i deca su znala da uvek, kad god se dođe kod njih ili oni k njima, uvek dobijaju što da jedu. Ali zato mati je morala babu jednako da sluša. Isto onako kao u početku, kada je bila dovedena, što nije znala ništa po kući pa morala svašta nju da pita, tako i docnije, i sada, kada se već urodila, eto njega, Mladena, već tolikog ima, i opet mora za svašta da je pita. Koliko brašna, masla, sira da uzme; koje će jelo da gotovi? U podrum nije smela da zaviri, još manje da bez babinog znanja što uzme ili dâ kome, kao i ženama po komšiluku da sme od posuđa što na poslugu da dâ. Čak i za odelo, koje će šalvare, koji mintan da počne svaki dan da nosi, prlja. I mati, ne samo da se u tome osećala ponižena, da je to vređalo, no, kao uvek, bila blagodarna, jer ona, baba, jednom zasvagda učinila je nešto za nju zbog čega će je celog života poštovati i do groba joj biti blagodarna. A to je bilo što je ona, baba, bila ta koja je nju zapazila i od svih sestara, baš nju, najmlađu i poslednju, kazala ocu Mladenovom da uzme za ženu. A kada ona, baba Stana, za neku kaže ne samo da je dobra nego i pristane da joj dođe u kuću i bude snaha, onda se znalo koliko to znači. A naročito je to mnogo značilo za mater i njene, njinu kuću, koja gore, oko sahat-kule, istina je bila dosta imućna, ali one odavno ostale bez matere, ona i sestre joj, i cela kuća bez domaćice bila kao obezglavljena a još puna njih, ženskadije, te nije baš izgledala kao što treba. I naročito ona, Kata, koja je bila najmlađa od svih sestara i gotovo bila ostavljena samo da radi i trči po kući, kao neka sluškinja, dok su ostale sestre, starije, već u godinama, gledale sebe i spremale svoje darove. One izlazile i stajale na kapiji, one se viđale po slavama, svadbama, dok ona jednako bila unutra, u kući. I zato, ne samo da joj štogod nije bilo pravo, ovde, nego bila sva srećna. Ništa je ne brinulo, ne jedilo, još manje da u tome što mora za svašta babu da pita, od nje da ište da joj dâ smatrala kao neku uvredu, poniženje. Čak ni to što izvan kujne i one sobe gde je ona radila, raspremala, dalje, izvan, po dvorištu, po kući, kao da nije ni postojala, jer ni komšinice ili ma ko koji bi došao da šta kod njih poište, obično kakav sud da se posluži i vrati, pa ne našav babu, pre bi se njemu, Mladenu, obraćao nego materi:

— Mladene, treba mi... (to i to). Ako li da uzmem?

Čak ni to nju nije vređalo. Njoj je samo bilo do toga da su njome u kući svi zadovoljni, da večito radi i da je sva srećna svakome od njih da ugodi. Prvo babi, pa onda mužu svome, ocu Mladenovom pa čak i njemu, sinu, Mladenu. Ona prema njemu, Mladenu, ne samo da se nije osećala starija od njega, kao mati, još manje ravna njemu, nego čak i mlađa, niža od njega. Njega i muža, oca mu, zajedno u jedan red stavljala, u starije, veće od sebe, kao domaćine kućne.

Uvek kad god bi otac što zaboravio iz dućana da pošlje kući a ona, ne smejući ponovo svaki čas da ga za to opominje, bojeći se da ga time kao ne naljuti, uvredi (zar on malo posla i brige ima tamo u dućanu i čaršiji?), uvek bi se onda obraćala Mladenu, i to kao da je on otac, on zaboravio, on za to kriv, i čisto bi njega za to korila.

— A, bre, što ne donesete? Kako to da zaboravite? Znate da treba, pa što ne donosite?

Ili, kada bi Mladen pošao ujutru u školu i ona, znajući da će on, kao uvek, prvo kod oca u dućan svratiti da mu se javi, ona bi ne po njemu, već samom njemu, Mladenu, poručivala šta joj treba iz dućana:

— Mladene, treba mi... (to i to), pa nemoj da zaboravite. Platite iz dućana.

I u toj njenoj poniznosti, zajedničkom oslovljavanju, izjednačavanju u starešinstvu oca sa njime, Mladenom, sinom, ogledala se ona predosećanja matera prema svojim prvencima, ona slutnja, bojazan, što su oni ti koji će, ne daj bože kada im muževi, domaćini, umru, biti domaćini, hraniti ih, čuvati, brigu o njima voditi. I zato još kada su ovako mali za taj njihov budući teret, brigu što će oni imati, bili su i stariji od njih, matera svojih, jednaki sa očevima svojim.

I zato Mladen, kao da je to znao, osećao, uvek je bio prema materi ozbiljan. Strog. Naročito bi je grdio kada bi po običaju, a sve iz dobrote, naivnosti, kada ode u komšiluk i nađe se sa komšikama, pa da ne bi izgledala gorda, zbog tog njinog bogatstva, prvenstva kuće, ona se navlaš zaboravlja i u razgovoru ostaje tamo po čitave sate, da uvek moraju da šilju po nju i da je zovu.

Mladen, crveneći na tu njenu slabost, poniženje, uvek bi je ne korio već čak grdio:

— Zašto, mori, mati? Zašto da si takva?

Ona, dolazeći, spotičući se od trčanja, kao ulagujući se, govorila bi:

— Eto, takva sam, bre, sinko! Luda! Za nikuda ja nisam...

I nikada ona, kao druge matere, da je smela sa Mladenom, kao sa sinom, da se šali, još manje da ga grli, ljubi. Svu svoju ljubav prenosila je na mlađeg. S njime, pa i to krijući se, da je oni ne vide (baba, otac, i čak Mladen) i ne smeju joj se na te njene budalaštine, slabosti, u potaji, krišom, mlađeg bi brata grlila, ljubila i raspovijajući ga, kupajući ga, šta ti ne od ludosti i ljubavi činila.

Posle babe, dolazio je otac. Sirov, krupan čovek. Lica zatvorena i više natmurena. Troma, teška pokreta i koraka. Još tromija govora. Obučen navek gotovo u nove čakšire, opasan pojasom i u mintanu koji mu je bio tesan. Naročito oko široka mu i kratka vrata. Navek kao od neke siline, vatre, koliju je nosio zabačenu, na ramenu, i uvek išao pognute glave. On je imao samo da vodi brigu tamo o dućanu, trgovini, čaršiji, a ovde kod kuće, nije imao ni za šta da se brine. Još manje da što naređuje, zapoveda. Otac mu to kao da je i voleo. A Mladen se i dosećao zašto je to tako. Zašto se otac pred babom uvek čini da je još kao mali, nedozreo, i ne toliko ozbiljan da je, te, kao u dućanu, tako i kod kuće, on da je prvi, on da naređuje, on zapoveda, raspoređuje, sve u svojim rukama drži, već sve to jednako baba. Prvo, što mu je tako bilo lakše, navikao se, voleo je da, kada mora već tamo u dućanu i u čaršiji da lupa glavu, kupuje, trguje, pazi i otvara oči, onda bar kada ovamo, kući, dođe, da nema ovde što da misli, o čemu da se brine i zapoveda. Da može rahat, raskomoćeno, bez brige da leži i da se odmara. A drugo, što, istina, niko drugi nije znao i što je Mladen tek docnije kada je sasvim porastao doznao, shvatio, bilo je to što otac, mada je u čaršiji, među trgovcima bio dosta uvažen, poštovan, na svome mestu, kao što treba, ipak od te svoje uvaženosti pokatkada popuštao. Zaboravljao se. Pokatkad, zapio bi se. Istina, i to retko, krišom. Onda, ne znajući od stida, muke, bola, šta će, po tri dana bi ležao. Trebala je tada baba samo da ga prekori, ma šta da mu oporo kaže, odmah bi od kuće otišao i nikada ne bi se više vratio. Ovako, samo bi bolno ležao. Baba se uvek činila nevešta, kao da nije znala zašto je bolestan. Jedino što bi se primećivalo da ona zna, to je bilo za vreme ručka, kada za sofru svi sednu a otac leži. Od gorčine, bola, njoj bi čisto zalogaji u grlu zapirali. Prsti bi joj, prinoseći zalogaje ustima, takođe na bol skupljeni, drhtali. I da to sakrije, oca ne uvredi, svaki bi čas u krilu skupljala i čistila mrve od hleba. I niko se nije pokazivao da zna za to njegovo piće.

I zato je otac pred babom uvek radosno, od sveg srca činio se mali, ne on da je domaćin kuće, gazda, da donosi. Svake subote, uveče, donoseći pazar, još s kapije razuzurujući se, skidajući koliju, u isti mah vadio bi kesu i dodavao bi bilo materi, bilo njemu, Mladenu, već ko bi se tu u blizini našao, i davao je da ovaj pravo tamo, kod babe u sopče, odnese:

— Na, odnesite tamo!

I posle večere, kada bi mati, Mladen polegali, ugasili sveću, otac bi još tamo kod babe ostajao brojeći pare i dajući joj računa šta je, koliko i od koga pazario, kupio...

Mladen kroza san čuo bi kako otuda kroz kujnu dopire očev glas. Pun, kratak i ponizan. Uz to zvek novaca i izvinjavanje:

— Nisam mogao više, nano. A za... (to i to) cena je ovolika. Niža nije. I, ako hoćeš, da kupim, ako ne, kako ti narediš.

Docnije, osetio bi očev dolazak. Raspasujući se, odahnuvši, kao otresavši se tereta, isprućivao bi se kod njih u postelji, navlačeći jorgan po glavi. I Mladen bi osetio čak i ovamo, ispod materine glave, pa čak i ispod svoje, očeve prste od ispružene ruke, kako i njega zajedno sa materom grli.

I onda bi nastalo ono uoči nedelje, praznika, njihovo spavanje ovamo u sobi. On, otac, mati, i mlađi brat u kolevci. I svi, svršivši sve kao što treba, spavaju i odmereno hrču od srećna zadovoljna sna, ne brinući se ni o čemu, ne osećajući nikakve brige, misli do jedino osećajući oko sebe ututkanost, suvotu prostrane sobe, mekotu i toplotu postelje i napolju široku beskrajnu, do na kraj sveta toplu noć.

Baba, ko zna, kao uvek, ona još ne legala, ostajala da u sopčetu sedi, računa, vodi brigu o svemu, o sutrašnjici: koje će se jelo gotoviti, koliko još može taj i taj ćup masti, vreća brašna, sir ili meso do te i te nedelje dotrajati, dok ne dođe drugo i dok se još ne zaradi i može bez štete, da se ne oseti oskudica po drugim potrebama, drugo, ponovo da se kupi.

Tako je bilo kod njih oduvek. Otkako Mladen zna i pamti. Takav otac, takva mati. Baba sve i sva u kući. Po njoj se već i kuća zvala. Po njoj i otac, pa čak i on, Mladen, „baba-Stanin Mladen". Tako su ga zvali. I tako je bilo jednako, godinama. I zato Mladen, mada još dečko, još u školu išao, ipak je sve to znao i trudio se, gledao da i on bude kao što treba. U školi, da se uči dobro. Ako nije, a uvek je bio, najbolji đak, a ono da je najvredniji, najtačniji u čaršiji, kada iz škole kući ide, da je s njime svaki zadovoljan; da je onakav kakav treba da je sin njihove, gazdinske, kuće, koja je i pokraj svega još jednako bila i brojala se među prve kuće. Pa još on, prvenac takve kuće, koji ima oca da nasledi. I ne samo da je morao biti takav već nije smeo da dopusti da ga makar ko, bilo baba, otac (mati već ne bi ni smela) za šta prekore, što nikada nije ni činjeno. A najmanje otac da je kadgod to učinio, jer kakav je on bio osoran, prek, uveren je bio i znao da mu Mladen, sin, mora biti onakav kakav treba da je.

I Mladen je bio takav.

III

Docnije, baš kad, bar sudeći po babi, po njenom bezbrižnijem licu, malo slobodnijem, veselijem, po obilnosti jela i odela, otac sa trgovinom i pazarom počeo dobro da zarađuje, iznenada, naprečac, umre otac, i Mladen ga odmah, kao što je i trebalo, zastupi u dućanu. Ostavi mater, babu i celu rodbinu da nariču za ocem, oplakuju ga, idu mu na grob, a on, prestrašen i najviše uplašen babinim strahom da sada sve ne propadne, ne izgubi se, naročito za nj, Mladena, da neće moći, mali je, nejak, da zastupi oca u dućanu, bude kako treba, izdrži — gledao je samo da se u radnji očeva smrt ne oseti. Da kao pre, u isto vreme, rano se otvara. Da čim se iz njihove ulice izađe, naniže, posle nekoliko dućana, odmah se njihov raspoznaje. Vidi se po jako izvučenom krovu i širokim ćepencima. Ulaz, vrata, od buradi katrana, naslonjenih poluga gvožđa, dasaka, gotovo zatrpan. Unutra, u dućanu, da je kod slugu uvek on. Prestrašen, ne znajući, a najviše plašeći se da zaista i ne bude kao što ne treba, ne zastupi oca, samo je to gledao, da se očeva smrt u dućanu ne oseti, da nijedna mušterija, kupac, ne otpadne. A ostalo, sve je zaboravio. I oca da oplače, za njim suzu da pusti. Čak mu ni grob nije dobro video. Sem na pratnji, prilikom sahrane, a više nikad, u modrini zore, gotovo u mrak budio bi se. Oko njega po sobi već su bile prazne postelje matere, tetke, strine. Otkad umro otac, sve gotovo sestre materine, tetke mu, tu su spavale, sedele, a i docnije uvek po jedna ili dve. Ne toliko da mater i njih teše, koliko da pomažu pri gotovljenju jela, spremanju za na groblje. Njine postelje oko Mladena nazirale su se, belile prazne, sa usturenim jorganima. Iz kujne dolazila je svetlost sveće i sa ognjišta. Čulo se spremanje, mešenje.

Gore, opet, na gornjem boju, čula se takođe lupa. I on, još u mraku, već je bio osvetljen. Baba jednako se tamo pela, silazila donoseći šta treba. Već kada bi bilo vreme da se diže, počeli sa ulice da se čuju koraci komšija koji idu da otvore dućane, k njemu, u sobu počela bi tiho, ali svaki čas da ulazi mati. Brižna, u strahu da li će se on sada, kada je vreme, probuditi, da ga ne bi ona morala buditi i opominjati. I kada ona u kujni počne glasno da pita tobož da li je otišao sluga da otvori dućan (mada je njega ona ista još prvoga probudila i uputila u dućan), Mladen već zna da je to za njega, i odmah bi se dizao. Čim bi se čulo kako se on diže, oblači, odmah bi ulazila mati sa svećom i, kao tobož da do njega stoji da li će se tako rano dići i ići u dućan, brižno bi ga pitala:

— Hoćeš da ideš?

— Idem! — odgovarao bi kratko.

Bilo mati, bilo tetka, držale bi mu pojas u koji se on polako, uzdignutih ruku, da ne bi bilo kakvih bora, vrteći, pažljivo, uvijao. U tremu, do stepenica za gornji boj, susreo bi babu.

— Ode li, sine? — oglašavala bi mu se i ona.

Pošto njoj odgovori, odlazio bi.

Baba bi ga odgledala kako već sada sasvim u svanuće, gotovo po danu, odlazi. Sa ključevima ide kapiji. Već ne obučen kao dečko, nego u malo dužim, zatvorene boje čakširama, u cipelama, mintanu zakopčanom do grla i utegnutom, dugom mor pojasu. Polako, mirno, pognute glave ide. Tamne mu se njegova uska leđa, stas. Zbog pognute glave jače se izvija i vidi iz ramena mu njegov uski sa šupljinom po sredi vrat, i šire, ispupčenije vidi temenjaču.

Na ulici, komšije, takođe svaki sa nekim kao sažaljenjem, javljali bi mu se:

— U dućan li, Mladene?

Odgovorio bi svakom na pozdrav produžavajući put. I to sve uza zid, polako, mirno. Izišav iz ulice, uputio bi se dućanu, otvorio ga, probudio slugu koji tamo iza magaze spava, da diže vrata, ćepenke, nosi ih i slaže iza magaze. Iznosi one grede, poluge gvožđa i sve što stoji ispred dućana, oko ulaza. Mladen, pomažući sluzi, gleda kako on sve ređa: svaku stvar na njeno isto mesto namešta, veša, dok dućan ne dobije isti onaj jučerašnji izgled. Mladen ne seda, već stoji jednako gledajući kako sluga radi dok ne bi sunce odskočilo i obasjalo red dućana gotovo sve podjednakih, sa podjednako izvučenim krovovima, a uvučenim izlozima, ćepencima, da su izgledali kao da su pod jednim krovom. Šarenili bi se oni i odsjajivali obasjani suncem.

Utom bi njegovi prolazili čaršijom na groblje. Napred sluškinja, na glavi sa korpom koja se povijala pod teretom pita, jela. Odmah iza nje baba sa materom, a iza ovih čitav red žena, tetaka, strina. Sve u novom, sa svećama, cvećem i zabrađene novim, crnim šamijama. Mladen bi video kako bi se tada svi iz okolnih dućana, očevi drugovi, prijatelji, odmah dizali, izlazili ispred dućana i nemo se klanjali, pozdravljali ih kao da su time hteli i oni da se pridruže ali ne mogu, pa zato po njima, babi, materi, šalju pozdrav ocu na groblje.

Mladen uvek bi sa očima punim suza ulazio natrag u dućan. Odmah zatim odozgo počeli bi da navraćaju k njemu pokoji od stričeva, tetina. Izgovor im je navek bio: kako su bili tu, išli poslom, pa onako usput navratili k njemu.

Gotovo sa strahom, trljajući, kršeći ruke, ulazili bi, išli po dućanu, zagledali i zapitkivali Mladena. A znalo se zašto dolaze. Da vide, pregledaju. Da ako Mladen učini nešto što ne treba, posavetuju ga, ukore. Ali, Mladena su uvek zaticali u poslu. Ili, naslonjena na tezgu sa uzdignutim kolenom i na njemu tefter po kome je beležio veresiju, pazar; ili, tamo, u magazi, kako lakše stvari vuče, uređuje.

Docnije, posle njih, već bi dolazila baba. Po babi Mladen je znao da su se vratili sa groblja. I to tek što su došli. Jer, gotovo još i nepresvučena, baba bi odmah došla ovamo k njemu, u dućan.

I to je bilo uvek svakog dana. Ispočetka, baba bi gotovo celog dana presedela. Uveče, zajedno s njim, zatvorivši dućan, odlazila kući. Docnije, samo bi navraćala. I to češće, po dva i više puta preko dana. I to sve toubž poslom. Ne što hoće. A kad bi bila subota, ili uoči kakvog velikog praznika, kada je veliki pazar, celog dana presedela bi. I to gore, na tezgi, do čekmedžeta gde se ostavljao novac. Ne mešala se ni u šta. Ostavljala Mladena da on radi, pazari, trguje. A to baš njeno nemešanje ni u šta već samo dolaženje, sedenje, kao nadgledanje, trebalo je da znači da ona, stričevi i cela familija zato dolaze, obilaze ga, ne što se boje za njega da on ne bi nešto učinio što ne treba, još manje da sumnjaju da bi on novac ili espap digao, uzeo, i, kao što drugi sinovi rade, krišom trošio na slatkiše, šećerleme — već moraju da dolaze, da se svaki čas viđaju u dućanu, radi drugih, radi sveta, okoline, radi ostalih radnja, radi trgovaca, mušterija. Da se oni, videći samo njega, Mladena, dete, ne bi ustručavali, ne dolazili da trguju, bojeći se da se Mladen, kao svako dete, kadgod ne prevari, potroši, izgubi novac od pazara, pa posle u tome i oni ne osete se kao krivi, što su trgujući, dajući mu novac, time dali i pružili priliku da on zgreši. I da to ne bi bilo, zato je ona dolazila, sedela. I to istaknuto, do čekmedžeta, u vrhu, da bi je svi videli, uverili se da je ona tu, da ona nadgleda, uzima novac, a ne on, Mladen, dete, i da zato nemaju brige da će docnije, ako što bude, oni biti odgovorni, osećati se krivi. Zato bi celog dana presedela stroga.

Po njoj, njenom licu, ništa se nije poznavalo da se štogod dogodilo, desilo. Samo, mesto one njene bele, nežne, vezane maramice ispod grla, bila je, kao i šamija joj, crna, velika, nova. Čak, kad bi neka mušterija, kakav seljak iz udaljenog sela, koji je u godini jedanput ili dva puta dolazio u varoš, na pazar, pa do tada nije dolazio i nije čuo za smrt očevu, pa kad bi došao, ušao, video nju, gore, do čekmedžeta, u crnoj šamiji, odmah bi se trzao, dosećao i ulazeći uznevereno pitao:

— Šta, zar gazda?...

— Eh, Bog da ga prosti! — kao hrabreći mušteriju, odgovarala bi mu ona mirno, pribrano. — Eto, umre, sinko!

I samo to. Ništa više. Jedino što su joj usta bila zbrčkanija, stisnutija. Onako sedeći, odudarajući kroz izlog, u dućanu, na tezgi, do čekmedžeta, sa uzdignutim i do prsa joj priljubljenim kolenima preko kojih joj je bila navučena bošča čak do stopala, da su joj virili samo vrhovi prstiju belih joj čarapa na nogama, celog dana bi mirno, nepomično tako ostajala, kao da joj sin, gazda od dućana, nije umro, nestalo ga, već kao da je otišao, nekud otputovao a ona, majka mu, eto zamenjuje ga, sedi u dućanu da pazi, čuva.

Pa ni u kući nije bila drukčija. Niko nju ne vide da ona, otkako umre otac Mladenov, pa ni prilikom same smrti, pratnje, posrnu, izgubi se. Još manje da, kao svaka mati za sinom, pa još jedincem, klonu, pade, od bola leže u postelju i bar začas zaboravi na kuću, poslove koji je čekaju. Pa na samom groblju, kad kao svaka mati dođe, ona klekne čelo groba, plače, ali u sebi, tiho, zagrcano i čim mati Mladenova počne od silna plača i naricanja da pada u nesvest, zaboravlja se, ona bi je prekidala, trzala, ne davala joj to, već da, kao što je red, opoju pokojnika, dele u pokoj duše mu, i, kao što dolikuje njima, posle vraćaju se mirno, pogruženo. I to toliko mirno, pribrano, da je već i ta njena mirnoća bila neugodna, čisto bila neprijatna i sama ona sa tom svojom mirnoćom, kao tvrdoćom, okrutnošću.

Na sve izraze sažaljenja, utehe, ona je samo odgovarala:

— Eh, Bog... Hvala mu!

Ali u tome: „Bog, hvala mu", bilo je toliko mirnog prekora, na dnu srca ukorenjenog, tome Bogu, da bi se svako čisto trzao i povlačio od nje, ostavljajući je samu, mirnu, krutu.

Ali Mladen je znao zašto je ona takva. Ne sme da plače, žali. Zbog njih. Ne sme da se pokaže slaba zbog njega, kuće, familije. Jer kada bi ona, onda šta je ostalo za druge? Naročito zbog matere mu i ostalih žena, da ne bi one udarale još u veći plač te da se celog dana kuća razleže samo od plača, naricanja. A najviše i zbog samoga njega, Mladena. Da on, još dete, usled toga plača još više se ne uplaši, ne ražali za ocem, i tamo u dućanu, radnji, ne pomete se.

I koliko je puta Mladen viđao noću kako u onom njenom sopčetu sedi obučena na prostrtoj postelji. Bez sveće, bez ikakva znaka. A to sve zbog njih. Da oni ovamo, mati i on, to ne primete, ne vide, već da mirno spavaju kao da nije ništa — kao da i ona spava. Ali kad bi noć bila obasjana mesečinom, videlo se sve. Dvorište bleštalo. Po bašti šuštale senke i lelujalo se lišće a gore čardak sigurno se još jače belio. I Mladen izišavši i prošavši pored te njene sobe, trzao bi se od straha videći kako, makar ponoć bila, ona jednako još sedi. Ukočena, sa rukama u krilu i nabranim i uprtim očima u noć i mesečinu. Pokatkad kao da bi iz njenih očiju suza htela da kane, jer bi se videlo kako diže ruku očima, da valjda ubriše, stisne, vrati natrag tu suzu, ali bi se videlo i kako otuda, još brže, natrag vraća ruku kao bojeći se da ni sama noć ne vidi tu njenu suzu.

Mladen, čim bi to video, prestrašen, krijući se da ga ona ne spazi, vraćao bi se. Navlačio bi jorgan na glavu, ugurivao oko matere drhteći od straha, jer je znao, bio siguran, da baba pored bola, tuge za ocem, još i zato tako cele noći sedi što se brine, strepi i za nj, Mladena. Boji se i brine da li će on biti kao što treba. Ako ne bolji od oca, a ono bar kao otac. Da se održi bar ovo što se ima. Da neće i on biti kao drugi, ostali. Kao neki od takođe čuvenih, bogatih porodica, pa isto tako kao Mladen, posle smrti očeva, počeli da vode radnje, trgovine, pa ili na karte, ili na ženske i piće odali se, i počeli da rasipaju. Eno, baš sproću njih gazda Stojanče što samo jednog sina ima. Pa ni njega, mada je već stigao za ženidbu, otac ipak ne sme ni u dućanu da ostavi, a kamoli da njemu preda radnju, tako je slab, bled. Jednako utrpan mintanima, i to zimskim, ispunjenim pamukom. Večito se sunča, pari i leči. Ne zna ništa, niti može išta. Pa tako isto, eno čuveni Poglavarci, čiji su stari zakupljivali i naplaćivali danak. Čim im otac, stari Poglavar, umro, sinovi, ne samo što batalili radnje već, tukući se među sobom, počeli da se dele. Posle, pijući, bacajući, prodavajući u bescenje, sve upropastili. Tolike čivluke, tolika imanja, dućane i kuće, pa sada žive od milosti seljaka, pređašnjih svojih čivčija, koji su bili na tim imanjima i od njih otkupili ih. I tako svi redom. Gotovo nijedan, posle oca, da je radio kao što treba, kao što je običaj, adet i red da radnja, i ako otac umre, i dalje napreduje. A ono ne samo da ne napreduje već ide u propast.

To je za Mladena bilo najteže i najgore. Dućan, trgovina, celog dana tamo sedenje, prodavanje, nije mu ništa bilo. Brzo, za kratko vreme ušao je u sve poslove. Cene svačemu već je znao. Već je u mislima uvek mogao da oceni i proceni ne samo koliko i od koga espapa ima nego i ceo dućan i magaza koliko otprilike vrede i koliko se za to u svako doba može dobiti novaca. Čak u tome osećao se lakši, srećniji. Ali ovo kod kuće, to babino noćno bdenje, sedenje na postelji, mišljenje i vođenje brige o njemu; ono svakodnevno dolaženje, uvek gotovo puna kuća žena iz rodbine i iz komšiluka. Ne što im se dolazi, što vole da sede, da uvek po jedna noćiva kao da ih čuva; već što treba, što je red. Što moraju sada da se tu kod njih „nađu", pomognu štogod, poslušaju... I onda, ako Mladen, preko dana, ili predveče, u nevreme, pre no što se čaršija zatvori, sasvim slučajno poslom kakvim kući dođe, ono materino usplahireno, preplašeno istrčavanje preda nj i ono njeno uplašeno gledanje u njega da se možda tamo, u dućanu, trgovini, nije desilo štogod, skrhalo se, propalo, pa on, ne mogući više da izdrži, napustio, pobegao i evo ga gde dolazi.

A Mladen to nije voleo. Svakog dana bivao je sve bolji, sve pametniji. Nikada ništa neuputno nije učinio. Nikada ne propustio da svakog komšiju, prolaznika, iz dućana pozdravi, javi mu se; nikada mušteriji da je kazao kakvu oporu reč. Još manje da ga kadgod nema u dućanu, da kao druga deca ode gde, zaboravi se i ostane po čitave sate. Celog dana ga je bilo u dućanu. Rano, pre svih, njihov dućan bio otvoren, spremljen. Svaku sitnicu, veresiju, tačno, pažljivo je zapisivao, uvek dnevni pazar prebrojavao i zavodio.

Svakada tačno, u jedno isto doba, kada se dan razdanjuje, odlazio bi u dućan. Iz kuće peo bi se ka kapiji sa ključevima. I samo da baba ili mati što ne pomisle, pogurenije bi išao, jače bi mu štrčao tanak vrat sa šupljinom moždane kičme, jače bi saginjao glavu, da samo izgleda ozbiljniji, temeljitiji. Na uglu ulice, sproću, u čaršiji, već bi se šarenila, sva bila obasjana upaljena pekarnica. Na samom uglu prolazio bi pored čuvene trgovine i jedino okrečenog dućana hadži-Zafirovog. I čim bi tu naišao, znao je da je sad već tamo oko razgrejanog mangala, u ćurku, sa brojanicama, sam glavom hadži Zafir. Pognutije glave, ozbiljnije prolazeći, nazivao bi boga, na šta bi mu otuda, iz dućana, sam hadžija uvek glasno odgovarao. Pre to nije činio. Naročito u početku. Ali, kad je video kako Mladen s dana na dan sve bolji i bolji biva, kao što treba, kao davajući mu dokaza svoga zadovoljstva što tako dobrim putem ide, uvek na Mladenove pozdrave sam glasno bi mu se javljao. Čak ponekad i zaustavljao bi ga:

— Mladene! Nestale mi neke daske, a trebaju mi, pa da li imate vi?...

To je za Mladena bilo mnogo. To negledanje u njega kao deteta, već kao odraslog, predstavnika radnje, ravne njegovoj. Od radosti, stida, jedva bi promucao:

— Pa... dedo... čini mi se, imaćemo.

— E, pošlji mi po momku.

Mladen, sav srećan, slao bi. Najglavnije bilo je što, kada za to doznadu, dočuju one, baba, mati, valjda će biti malo umirenije. Jer, eto, on, deda, čuveni hadži Zafir ne samo da se ne boji, ne samo što ga glasno oslovljava, već sigurno uveren da neće i on biti kao ostali, nego kao što treba, eto stupa sa njim u trgovinu, traži da mu on iz dućana pozajmi espap koji je slučajno kod njega nestao. A to već znači da Mladen vodi dobro radnju, da se već vidi da će on biti kao što treba; da, iako je oca nestalo, umro, radnja time nije ništa izgubila, već da će, ako ne biti pod Mladenom bolja, veća, a ono sigurno da će biti ista onakva kakva je bila: ugledna, na glasu, jaka... Zar da to nije, da se po Mladenu već to ne vidi, zar bi se hadžija onda upuštao s njime, Mladenom, u te pozdrave, u te trgovačke veze?... Zar da on, hadžija, iole sumnja da će docnije njihov dućan biti kao god sve radnje i dućani što ih sinovi od očeva nasleđuju, ne samo rđavi nego će i propasti, biti nesigurni, ne na dobrom glasu, prete da će pasti — zar bi onda on iz takve jedne radnje uzimao espap na pozajmicu, unosio ga u dućan i prodavajući ga davao mu ime, glas svoje radnje, trgovine koja je bila ne samo prva i čuvena kod njih nego u celoj Turskoj, Bugarskoj, pa i Bosni...

Eto stoga je bila tolika Mladenova radost u tom hadžijinom zdravljenju, traženju od njega espapa. Ne radi njega, što je to dokazivalo da on već nije kao drugi, da je veći, bolji, pametniji od ostalih svojih vršnjaka i drugova, već što je znao kolika će to biti uteha, radost i kao neka mala sreća za njihovu kuću: za babu, za mater, za striceve i celu rodbinu. Što će se time i oni malo utešiti, malo manje, čuvši i videvši to, sumnjati o njemu, brinuti se i strepeti za nj.

I zaista docnije, dalje, već je baba bila, istina uvek onako zabrinuta, sa poprečnom prugom preko nabrana čela i skupljenih, stisnutih usta, ali nekako drukčija, mekša. I samo videći tu Mladenovu ozbiljnost, trud, upinjanje i brigu da zaista bude kao što treba, postala je ozbiljnija prema njemu. I što je najglavnije, kao uvek, svakog dana, jednako dolazeći k njemu u dućan da ga vidi, nadgleda, činila je to vazda okolišeći, kao bojeći se da ga time kao ne uvredi, ne rasrdi.

Tako, već nije kao pre, dolazeći ovamo k njemu, još sa ugla ulice, počev od te hadži-Zafirove magaze, prolazeći pored komšijskih dućana namerno, navlaš kod svakog zastajkivala, kod svakog se zdravila i ostajala da se razgovara. A sve iz straha, zebnje da u razgovoru sa njima slučajno ne dozna, ne dokuči što za Mladena: kako nije dobar, kako tad i tad ostavio dućan, zadržao se negde. Ili ako to ne, a ono tim zdravljenjem kao da se ulaguje, moli da oni, komšije, pobrinu se, nastanu i ne izgube ga iz vida već ga pouče, pomognu njenom Mladenu. Sada bi već, pojavivši se iz ulice, istina, onako polako, pogureno i uvek noseći kantiče, tobož gasa da uzme, išla pravo ovamo. I dolazeći k njemu, ne bi kao pre pravo ulazila, išla tezgi, čekmedžetu, već bi još sa praga, ulaza, počela da čisti, rasprema, nešto diže, da bi samo izgledalo kako slučajno, ne namerno, dolazi. Da se on ne bi osetio uvređen, naljutio se što ona uvek dolazi da ga tako nadgleda, pazi, sumnja u nj. I kada, kao uvek, već pita za pazar, ona okolišeći, snebivajući se pita:

— Pa, ima štogod pazara, sinko?

I to tako nekako bolno, plašljivo, da Mladen, čisto sažaljevajući je, da bi je kao ohrabrio, brzo bi počeo da joj ređa šta je prodao, naplatio. Pokazuje tefter, sume veresije, naplate. I da bi je još više kao uverio, umirio, samouvereno, znalački počeo bi da je provodi po dućanu, mada je ona sve to u prste znala, i pokazuje joj espap. Naročito u magazi gde su kamenovi soli, poluge gvožđa, gomile dasaka, sirove kože, vune. I da je samo uveri kako je espap ako ne veći a ono nikako manji, sa snagom velikom za njegove godine, on bi lako dizao, gurao naslagane daske, grumenje, samo da se vidi kako iza toga još ima.

Baba, kad on počne tako da upinjući se diže, vuče, zaustavljala bi ga i ne davala mu.

— Neka, neka, čedo! Znam ja da ima. Nemoj da se pretrgneš. Znam ja. Samo ti da si nam živ...

I jednako čisto kao umiljavajući mu se, ostavljala bi ga. Odlazila bi natrag kući. A tamo već se znalo šta će raditi. Kao uvek, brižno, kao uplašeno, samo da nadgleda, obilazi. Čas tamo, u dnu bašte gde je bila ona sušara, gde se iz dućana dovlačila vuna, sir, maslo, i otuda, kada napuni čitavu kacu ili denjak, unosila u podrum ispod kuće; čas opet tamo u samom podrumu. A najviše oko kujne, jela, masti, sira, brašna. Da se ne utroši više nego što treba, naročito ne više nego kao pre, dok je otac bio živ, dok se bilo sigurno da će, ako se više potroši, on doneti još toliko. A sada, moralo se ono što je najnužnije. Da se ne oseti nemanje, sirotinja, a opet koliko treba, koliko je dovoljno. Jer, ko zna sada kako će on, Mladen, tamo, u dućanu? Možda će se, više je no sigurno, štogod izgubiti, štetovati, pa onda ovamo, kod kuće, da se nema ni koliko treba...

A Mladen se, opet, brinuo da se ne desi da u kući čega nestane i da ukloni taj trepet, strah, ukočenost, da baba mu, majka, cela kuća, budu kao pre dok je oca bilo. Da se kao i pre, onako mirno, tiho, sigurno u kući živi, gotovi, ručava, večerava. Da opet nastane ono onako lepo, prijatno prolaženje dana, one večeri, spavanje, razgovor šta će za sutra da se gotovi, radi, i to sigurno, bez briga, zadovoljno. Pa i dočekivanje praznika, kupovanje odela, radost za to, spremanje, žurba. Ono na licu im ispisano zadovoljstvo u spremanju za praznik koji će kroz koji dan da osvane. Da onako, kao pre, mirno, ograđeno, sigurno, njihova kuća stoji. Voda sa česme da sveže, slobodno žubori, pa da je baba sprovodi po bašti, da baba švrlja po dvorištu sa mirnim, istina strogim, ali spokojnim licem... Da majka mu, ako ne baš veselo posle smrti očeve, a ono bar spokojno, kao i pre, samo onako slatko, uneseno, po sobi, kući, gotovi, sprema, s mlađim bratom se zabavlja, pohađa svoje sestre, a one da joj dolaze. A ne da je, kao sada, svakad uplakana i preplašena, i, svakad, čim Mladen iz čaršije dođe kući, a ona ga uvek, kao da mu se bogzna šta desilo, onako uplakana, preplašeno i usplahireno dočekuje... Hteo je da bude kao pre, dok je oca bilo; da se zna, iako oca nema, da je on, Mladen, tu, i da će i on kao otac. Čak i bolje od njega. Samo da one ne strepe, ne boje se i ne drhte za nj.

I Mladen se od upinjanja i briga da ih što pre ubedi, uveri, oslobodi, da se one ne plaše, već da mogu potpuno da se oslone na nj, da će biti kao što treba, od tih se kao briga, upinjanja, misli, čisto bio malo pogurio i pre vremena okoščatio. Lice mu došlo suvo, bledo, i već kao pametno, staro. Čak je Mladenu to godilo što je takav, ne lep, vitak, zdrav. Mislio je da će i time, tim svojim ne detinjastim već starim izgledom, suvim, babu jače ubediti da on neće biti kao drugi: besan, lud!

A da bude kao što treba, trudio se najviše i radi sebe sama, radi one tihoće kad prođe dan i nastupi veče, zatvori se dućan, i onda one mirnoće kad iz čaršije s ključevima od dućana pođe kući. Osećao se čisto zadovoljan što će sad, posle večere, pošto je dan proveo kao što treba u čaršiji, među svetom, radilo se sve kao što je u redu, leći, odmarati se, spavati. I to mirno, utišano. I ne imajući za šta da zastrepi, uznemiri se, što se nešto danas nije učinilo kako je trebalo, pa će sutra možda što da se čuje. Ne. Već mirno, sigurno se spava, odmara. Pa onda, kad Mladen zatvori kapiju, ono njegovo dolaženje, približavanje česmi, kući. A mrak, sumrak. Kuća, oko nje široko, opkoljeno susednim zidovima dvorište i bašta leže nepomično, ocrtavaju se. Iz kućnih vrata dopire svetlost. Baba je obično tada ispred kuće, do česme. On dolazi, ključevi mu zveckaju. Pouzdano prilazi babi, ljubi joj ruku, daje joj ključeve, da ih ona u sobi obesi na određeno mesto. Ulazi unutra, ide u sobu i, kao negda otac, čeka večeru. Samo sada ne seda on kao otac mu, ne žuri, ne viče onako užurbano, izgladnelo: „Haj'te, što ne prinosite?... Dajte da se jede", već mirno, pametno, stojeći čeka i razgovara se s babom. Priča joj i kazuje joj koliki je bio pazar, koji je od trgovaca dolazio, tražio i vršio obračun, ili od koga je on uzimao. Govorio on to babi koja bi se uvek tada, samo da ne bi izgledalo da ona navlaš traži od njega da joj on položi račun, našla obično da ispravlja, doteruje po sobi jastuke, pokrovce. Mladen gleda kako ona, slušajući pažljivo šta joj on kazuje, odudarajući od crvenila, tamnoće sobnog nameštaja, pokrovaca, jastuka, pogureno ide od jastuka do jastuka, ispravlja, doteruje, dok majka mu tamo u kujni sprema večeru. Mladen vidi i nju kako se, poluobasjana vatrom od ognjišta i malom lampicom na stoličici do njega, kad prođe pored vatre i nagne nad jelom, dižući dugačkom mašicom u ruci kapak, vidi sva: i njeno bledo, sad široko ali još jednako milo lice, i zasukani joj rukavi, i na grudima ispala joj košulja, i usled rada, sagibanja, iskrenute joj šalvare, boršča koja je otišla čak na bok. Do nje, sproću stoličice i lampe, seo mlađi mu brat, koji je već bio pošao u školu, s prigrljenom tablom i pisaljkom. Da ne sedi uzaludan, da štogod ne slomi dok se ne večera, naterali ga da piše, uči. Njegovo okruglo, dosta zdravo lice vidi se nagnuto nad tablom, a čuje se kako po njoj škripi pisaljka. Mlađi mu brat više je ličio na majku. Bio je nežan, bucmast, a Mladen je, onako crnji, koščatiji, više ličio na oca. Posle, kad je gotova večera, mlađi brat mu ostavlja tablu i pisaljku i, čisto stenjući i vukući, unosi sofru i postavlja. Za njim onda majka donosi jelo:

— Hajd' da se večera! — veli, i kao nekad, tako isto i sad, uzima legen, ibrik vode, peškir i pred babu nosi i posipa je.

Počinju da večeraju. Na sofri zabodena u čiraku sveća odozgo osvetljava sofru, parčad hleba, viljuške, sahane, i njih oko sofre. A u kujni vatra, gaseći se, čas po čas plane, pruži se te osvetli kujnu, posuđe. Napolju mrak, već duboka noć. Mladen seda pored babe ali ne u čelo, već podalje, ostavljajući između sebe i babe praznine, kao prazno mesto za nekoga. To je očevo mesto. On, otac, još uvek kao da je tu, iza njih, pozadi u sobi, u ćošku.

Baba polako, čisto, svojim skupljenim, opranim, starim prstima umače hleb u jelo, vadi meso, stavlja pred sebe, i polako, čisto, rastavljajući komad po komad od mesa, jede, meće ga u svoja smežurana, bez zuba, crnom šamijom stisnuta usta, te to celo jedenje njeno liči više kao na neki red, adet, a ne na jedenje, hranu. Majka mu, sproću babe, jede kao uvek ponizno, brzo, a do nje uz koleno joj zbio se brat mu, i jede ono što mu majka izvadi i dâ.

I Mladen jede kao što treba. Ni malo, ni mnogo. Umereno. Pazeći da slučajno ne uzme iz čanka parče mesa ili drugo što je na strani bilo babe, bilo majke, već samo što je na njegovoj strani. A naročito ako je dobro, masno parče mesa, pazio je da ga on ne uzme, da se ne pokaže gramžljiv. Čak se i vino, kao pre dok je bio otac, i sad iznosi. Ali on, reda radi, samo okusi. Mogao bi još više, ali neće, ne da se zameri, već, ako popije više, možda će se zagrejati, zaboraviće se, postaće razgovorniji, življi, crveniji, i više bi kazao nego što je za njega, za njegove godine, pa posle, kad se seti toga, što da zacrveni, da mu bude neprijatno, zastidno? A i zato da, ako popije kadgod više, time ne bi babi možda dao povoda da počne da sluti kako, eto, on, kao otac mu, voli da pije i biće sigurno pijanica.

Posle večere, odmaknuvši se od sofre i istresavši iz skuta mrve, baba počinje razgovor. Kao obično, kazuje mu ko je toga dana dolazio od komšija, rodbine. Mladen je slušao radosno, siguran, bez one strepnje koju ima kad čovek učini što nije trebalo, pa mu se kaže da je dolazio taj i taj, a on uvek zadrhti da taj nije dolazio možda da kaže njegovu pogrešku, i onda neprestano strepi dok ne vidi da je taj za drugo došao i drugo razgovarao.

Posle nastaje ono raspremanje postelja po sobi. Mladenu odelito, zasebno, u čelu, kao najstarijem, domaćinu. Odavno mu već prostiru očev dušek, čaršav. I onda se legne. Baba se povuče u svoje sopče nad podrumom, među sanduke stajaćih haljina, pošto još jednom obiđe dvorište, kapiju, da vidi da li je sve u redu, zatvoreno, pošto i majka tamo u kujni sredi sudove, zatrpa vatru i legne, ugasivši sveću. Onda ono osećanje. Napolju mrak, dubok, gust, a Mladen u postelji i, onako osamljen u mraku, u noći, oseća kako su svi tu oko njega, u kući, ograđeni, zatvoreni, sigurni. Sve je u redu, sve je kao što treba. Do njega majka mu s bratom, a tamo u sopčetu baba. U kujni sudovi, posuđe; ovamo po sobi nameštaj, oni isti pokrovci, jastuci, u istom redu, isto onako sigurno, teško poređani, namešteni... Eto, zato, za tu mirnoću, za tu sigurnost, utišanost, da nema zašto da strepi pošto se uradilo sve kao što treba, pošto je sve u redu, eto zato je Mladen radio ono što treba, što dolikuje njemu kao sinu, koji je zamenio i koji treba da zastupi oca u radnji i u kući i, što je red, da bude bolji nego otac, da radnju više razvija, kuću više obogati, da sve bude ovako mirno, sigurno, prijatno, i noću, kad sve prođe, nastupi mrak, ostane se nasamo, usamljeno, da nema ništa što bi remetilo, izazivalo strah, sumnju, brigu da sutra možda neće biti ovako, da će se štogod izgubiti, nestati.

Eto, zato, najviše radi te svoje mirnoće, utišanosti, radi toga da, kad tako ostane sam, u postelji, može ako ne zaspi, mirno da misli na sutrašnjicu, kako sutra da radi, pazari, pa uveče isto ovako da leži, odmara se; eto, zato je Mladen bio kao što treba, svakad umeren, tačan, pametan.

I ta njegova pamet, tačnost trebala je i radi njega i radi njegove mirnoće i spokojstva; i taj njegov trud da bude kakav treba zadugo, zamnogo, za tri, četiri, više godina, s dana u dan, bio je potreban da se nikad ne bi zaboravio, pogrešio, nikada ne bi učinio ono što ne treba. I čak, kad je već bio veliki, kad je radnju, dućan, uveliko počeo da vodi, kad je postao već mladoženja, opet je jednako trebalo da bude isti onakav kao i pre: uvek pametan, miran, tačan. Svako jutro, svakog dana u podne, uveče, noću, jedno i isto uvek da čini. Isto onako, kao i pre, da ustane na vreme, da otvori dućan, da radi u njemu, kad dođe ručak, da opet onako umereno, tiho, jede, uveče tako isto, u isti čas da zatvori dućan, ode kući, večera, legne. To je trebalo uvek tako da radi, da bi time i pred babom, kućom, komšilukom, čaršijom i celim svetom kao posvedočio, dao dokaza, i sve njih potpuno uverio o sebi: da će biti onakav kakav treba da je sin na kome ostaje kuća.

I Mladen, onako na oca suv, koščat, a i onako poguren, pametan, snužden kao od tih briga, upinjanja da bude kao što treba, da ugodi babi, kući, izgledao je čudan, težak. Čisto kao da ga pije, pritiskuje espap u magazi, kože, so, daske, u kući, u podrumu ona burad, kace masla, sira, vune, u sanducima stajaće haljine, novac. I pritiskivan time, kako će da to održi, očuva, kao da se pod time savijao, kočio, očvršćavao, te izgledao čudan, nekako uvučen u sebe. Toliko čudan da je čoveku čisto bilo neugodno to njegovo suvo, snužedeno lice, pametan, poguren hod, gledanje ispod sebe, uneseno, smerno.

Trebalo ga je videti kad svakog jutra u zoru izađe. Čim počne modrina dana, čaršija, ulice da se ocrtavaju, naziru, on se već pojavljuje na kapiji, izlazi glavom napred poguren i s ključevima.

— Zbogom, nane! — veli babi koja se, kao uvek, odmah za njim vidi. Sa prekrštenim rukama ona ga otpraća, gleda kako će joj on, polako, pogureno, sigurna koraka otići. Glavu ne diže, ne osvrće se, već pravo ide jer zna da za njim motri ona, da će ga odgledati dok god ne izađe i ne savije niz čaršiju, zamakne iza okrečenog dućana i kuće hadži-Zafirove. I čim izmakne, pojavi se u čaršiji, koja se tada već dosta vidi, on isto onako polako, pognute glave, s ključevima, približava se dućanu. Dućan im star, snizak, sa širokim vratima na kojima je katanac. Mladen, čim dođe, pošto se prekrsti i dobro zagleda katanac da li je u redu, meće u nj ključ i otvori ga. Do tada onako pognut, miran, izgleda slab, jadan, ali čim počne da otvara dućan, odmah se vide njegovi oni sigurni, čvrsti, pametni pokreti. Pošto probudi slugu koji tamo iza magaze spava, čisto lako diže s njim teška krila od vrata i nosi ih, slaže ukraj. Posle postane viši, tanji, kad počne da izdiže ćepenke, podupire ih, i pošto sluga izneo mangal, da raspali u njemu ćumura, i po tezgama poređao zembilje, vreće, i drugo, Mladen ostaje stojeći ispred dućana. Stoji kao da čeka dok sluga, čisteći po dućanu i vetreći ga, ne istera iz njega sav onaj noćni, i vlažan, zemljiv, kiseo zadah od espapa, soli, katrana, kože. I dok tako čeka da to sve izađe, on jednako stoji i gleda kako se sve više razdanjuje, čaršija počinje da se beli, šareni od uzdignutih ćepenaka, izloga, i čisto sva se svetli od već sasvim raspaljenih mangala. Iz pojedinih mahala počinju da se pojavljuju trgovci, stariji ljudi, čije dućane otvaraju njihove sluge, mlađi. I Mladen, znajući da je on u redu, i ispravan, kao što treba, stojeći ispred dućana, sigurno, slobodno, svakoga dočekuje i prima mu boga.

— Dobro jutro, Mladene! Dobro jutro, sinko — radosno, videći ga tako vrednog, rano ustalog, vele mu oni.

Mladen, smerno ali zadovoljno, svakom odgovara i povlači se u dućan. U dućanu toplo. Oseća se kako, što se više razdanjuje i dan osvaja, počinje otuda iz dna čaršije, iz donjeg Vranja, i sa vinograda oko Asanbaira, čisto prodirući kroz redove topola što su ispred varoši, da dolazi i briše čaršijom svež, hladan vetar. U isto vreme iz mehana, takođe iz kraja čaršije, neki njegovi vršnjaci odlaze, a uvek među njima Stojiljko, drug njegov, sin popa Koste, jedinac, toliko mažen. On, kao svakad, sa galamom, sa sviračima, pesmom, pucnjavom ide, i to ne kući, već u obližnje selo gde su čivčije oca mu, da tamo sa čočecima, Cigankama produži dalje. Pa i ostali drugovi mu koji iz mehana izlaze, izlaze krijući se, žurno, i zamičući u sporedne ulice. A i oni, opet, ne idu kućama, već u rodbinu, kod nekih tetaka, strina, da tamo spavaju. I da ih posle matere im, tražeći ih, i našavši ih tamo gde spavaju, kunu, plaču zbog njih, a najviše zbog grdnje, psovke što će izvući od muževa za njih.

I tada se Mladen u dućanu osećao srećan. Tako mu je tada bila mila ona toplota, zagušljivost u dućanu, a znao je da se zato tako oseća što on nije kao oni, već ovako u redu, kao što treba da je. Nije kao oni, koji sada, pošto se istrezne, ispavaju, od očeva neće smeti kućama po tri i više dana, ili ako dođu, ono dođu kradom, pre dolaska očeva da legnu, sakriju se, da jedu ono što im matere krišom daju, da ne smeju nikad za sofru da sednu, ocu na oči da se pojave, već sve tako beže, drhte, strepe. A on, Mladen, ništa. On je kao što treba, nema zašto da se boji. I, eto, sad, kako je u dućanu lepo, sad će mu majka po bratu poslati doručak: parče hleba, a od jela ako je što od večere ostalo. Ili ako to ne, a ono hleba i sira. Ali to lepo uvijeno u beo peškir. Doneće on to brzo, veselo, i kao bojeći se da ne ispusti, uprlja, i da mu ko u čaršiji ne otme, uzme. Jer majka ga, da bi bolje pazio kad nosi, uvek u polasku zaplaši: da pazi, jer će mu ko to oteti. I zato brat mu, onako mali i bucmast, trčeći, usplahireno donosi i radostan što mu niko to nije uzeo, daje Mladenu:

— Na, bate! Poslala ti mama, da jedeš.

I onda još veselije odlazi.

Zatim, kao uvek, već će početi pazar, dan u čaršiji. Mladen gore na tezgi, a oko njega po dućanu espap isto onako poređan kao pre dok je otac bio. Samo je sada ovaj novi espap, što ga je Mladen doneo, nekako kao odozgo i čisto je došao belji, a onaj stariji, očev, dole, kao neka podloga, tamni se, težak, surov. U magazi sluga radi, dovodi u red daske, krupe soli, poluge, kože. Mladen obično zagleda tefter, beleži veresiju, računa. A po čaršiji kao obično.

I posle dolaženje, odlaženje mušterija, komšija, njihovih slugu, da iz dućana kod Mladena što uzmu na poslugu. A za sve to vreme ispred dućana, na tezgi, sedi stari 'ča Mihailo, drugar oca mu, koji nikako da se odvikne od njihova dućana i tezge, na kojoj je s ocem sedeo. A sada, sasvim uzet, ni za kakav posao, uvek čist, beo, sedi tako celo prepodne kod Mladena. I čisto ponosit što Mladen tako radi, napreduje u dućanu, svaki čas naviruje ka Mladenu i čisto detinje, radosno pita Mladena za svašta, te za ovo, te za ono.

— Mladene, sinko, pošto sad kupuješ so? Znaš, tatko ti je kupovao po toliko…

Mladen mu odgovara. Odgovara mu radosno, bez dosade, jer zna da mu on zato dosađuje, zapitkuje ga, što ga voli, što mu je milo da on, Mladen, tako dobro radi, on, sin njegova pokojnog druga s kojim je on toliko godina tu zajedno sedeo, živeo.

I zaista, 'ča Mihailo tada bi se radosno, ponosno okretao, i kao da je pred svojim dućanom, počeo da zove koga svoga druga koji je, takođe star, nemajući šta da radi, izišao u čaršiju da do ručka provede vreme. Počeo bi radosno da ga poziva:

— Odi de, odi. Gde si ti? Odi da sedimo! — pozivao bi ih da kao pre, nekada, tu sede, razgovaraju, šale se, kao da je tu još otac Mladenov, njihov drug.

Posle bi već, kao uvek, oko ručka navirila baba. I uvek tobož poslom, da nešto iz dućana kući odnese.

I kad vidi ispred dućana njih, stare, drugove sina pokojnog, kako tu sede, razgovaraju, kao da nije on, otac Mladenov, umro, već da je i on tu, da i on s njima sedi, baba bi, sva srećna, onda s njima stajala, razgovarala.

A utom bi se već sproću, iz dućana gazda-Stevanova, čula psovka i dozivanje Mladena.

— Mladene, sinko, pošlji mi taj tvoj tefter!

Mladen je već znao da je to stari Stevan, kao uvek pre ručka, došao u dućan da vidi šta mu sin radi, kako vodi radnju, koju je na njemu ostavio, a on misli da se povuče, pa, naišav na neispravnost, već pobesneo i grdi sina, traži od Mladena tefter da mu pokaže kako treba.

Mladen mu pošlje. I, zaista, odmah čuje i kroz izlog vidi kako besno rastvoren Mladenov tefter podnosi sinu, psujući ga:

— Evo, slepče! Vidi! Vidi kako je sve čisto! U redu. A ti? Ni kome si dao, ni od koga uzeo! Nigde ništa zavedeno! Hajduče, u goru, bre!...

Pa ne mogući više, izlazi iz dućana, brišući od besa, psovke, pljuvačku s brkova, s usta...

Dolazi k njima ovamo. Odmah počne babi da se tuži.

— Ništa, tetka-Stano! Ništa od ovoga moga! Hajduk. Ništa neće od njega da bude! — jednako brišući, prskajući, počinje opet da besni.

Baba ga teši.

— Biće, biće, Stevane. Nego još mlad, doći će i on u red.

— Aja! Kako mlad, kakva pamet da mu dođe? Zar tvoj Mladen nije mlad, zar njemu nije trebala pamet da dođe? Nego, otkako umre pokojnik, a on još onako mali, pa sve sam u dućanu. I sad, eto, čovek haznu, bisage s parama da mu ostavi. A ovom mome i donesi, i prinesi, i vodi mu račun, aja! Hajduk! Ni vodi računa kome daje, ni od koga uzima, već samo gleda kad će dućan da se zatvori, pa da po mahalama, a sa devojkama, pesme, igranje!

Mladen sluša. Ali ne ponosi se. Zadovoljan je tom laskom, ne toliko radi sebe koliko radi babe, i ovih očevih drugova. Zna da ne treba radovati se tuđemu zlu, i ne pokazujući se radostan, kao da ne čuje, povlači se u dućan, u magazu, da tamo radi.

Posle ručka već ona letnja, suva žega. Sve obamire. Kaldrma bela, vrela. U dućanu, iza magaze hladovina. A nikoga po čaršiji, ćepencima. Samo sproću, gde je hladovina više vade, po kojoj od žege presušila voda jedva mili, metnuta vrata dućanska. Na njima izvaljeni, raskopčani, po nekoliko komšija sede. Puše. Svi piju hladnu vodu iz testija što stoje do njih. Hlade se. Mladen, kao uvek, u dućanu je. I tek oko zahlađa opet bi se pojavila baba. Nosi mu testiju sveže, hladne vode sa česme. I kako Mladenu slatko pada ta mala testijica, pokrivena mokrim peškirom, koju mu baba donese da se rashladi.

— Na, pijni, rashladi se! — veli mu baba nekako milo kao blagodarna za taj njegov rad.

I posle, uveče, opet ono kod kuće večeranje, sedenje, razgovaranje, spavanje. A sve kao što treba, u redu, sigurno, bez briga.

Eto, to je ono što je trebalo tako svakog dana, dugo, godinama da traje, dok se jednom već i to uredilo. Mladen već sasvim stao na svoje noge, uzeo radnju i počeo sigurno da je vodi. Čak je i uvećao. Ali, trebalo je dugo vremena dok je prestalo ono strahovanje, bojazan za nj: da li će biti kao što treba, kao što se očekuje da bude. Da li će da održi što mu je od oca ostalo, i povede radnju, kuću nabolje.

I to što je Mladen tako dugo čekao, želeo, naposletku došlo je. Svršilo se i to. Naposletku sasvim. Nestade onog straha, bojazni, da će sada, pošto je otac umro, možda svašta biti od njih. Očeva smrt prestade da se oseća. Kao da ga nije ni bilo, jer mesto oca postade on, Mladen. I to ne Mladen dete, sin, već Mladen.

I onda je, kao i pre, baba opet počela onako mirno, pogureno da švrlja po bašti, oko česme, da dâ i ključeve od podruma, sanduka. Majka mu brinula se o kući, gotovljenju jela. I, kao nekad, kad se iz dućana što zaboravi da pošlje, tako i sada, istraživajući, bez straha da ih to neće osiromašiti, već ljuteći se, kao nekad, opet korila je Mladena:

— Mladene, što bre ne donesete? Znate da treba, pa donesite.

Dugo je Mladenu trebalo da bude takav, da sav srećan dočeka ono.

Praznikom, posle ručka, baba već na kapiji sedi. Sedi ona, kao uvek, mirno, bezbrižno. Gleda ulicom, prolaznike, i na njihove pozdrave otpozdravlja ih mirnim klimanjem glave. Do babe i majka mu sedi. Ona već zaneta tamo oko mlađeg brata koji se igra sa decom po onim naslaganim gredama, kamenju. Svaki čas ga opominje da pazi da ga koja greda, kamen ne pritisne. I prateći njihovu igru, ona se tamo s njima, s decom, kao pomešala, i odvojila od babe, kapije, prolaznika.

Mladen pošav iz kuće u čaršiju, stane i sam kod njih na kapiji. Obično bi bilo da je još rano za čaršiju, da još sunce nije toliko palo, te da je pred dućanima nastalo hladovine, već Mladen, kao čekajući da sunce sasvim padne, ostaje tu na kapiji, do babe.

Prolaznici prolaze. Dućandžije, komšije, koji ispavani, posle ručka idu u čaršiju, da tamo na ćepencima sede, nazivaju im boga. Sa Mladenom se zdrave kao sa drugom, ravnim sebi. Svaki, prolazeći i zdraveći se, u isto vreme i Mladena zove sa sobom:

— Hajde, Mladene! Hoćemo li malo u čaršiju?

— Neka, posle ću ja — odgovorio bi Mladen. Nije hteo. Znao je da nije red da se on među njih, starije, kao upleće, a izdvaja od svojih vršnjaka, drugova. Da se time pokazuje kako je on od njih bolji, stariji. Zato on ostaje da i dalje stoji na kapiji, više babe, matere, da gleda kako sunce sve više pada, kako ulicu dužinom napola osvetljava. Jedna cela polovina ulice, gde je i njihova kuća, u hladu, senci, dok druga sva u suncu. Naročito zidovi, redovi ćeramida i više zidova ono iz bašte zeleno drveće, lišće, to sve kao da gori, trepti. A hladovina sve jača. Oseća se kako zemlja nekako sveže, mokro odiše. Do njega sedi baba mu u čistoj košulji, sa prekrštenim rukama u krilu i navučenom boščom čak do zemlje, da joj jedva vire papuče i bele vunene čarape. Isto onako ona mirno, strogo izgleda. Ništa se nije promenila. Samo je suvlja, koščatija postala, i što sada, sedeći tako na kapiji, prateći tako prolaznike, odgovarajući im mirno, bezbrižno, jasno se po njoj vidi da je kod nje sve prošlo, zaboravilo se. Otac kao da nije ni postojao, a kamoli njegova smrt, tuga za njim.

Mladen stojeći više nje, obučen u novo, čohano odelo, s ključevima u rukama, gledajući kako nastupa sve više hladovina, svežina, sunce sve više pada i nekako razdragano jasno, sveže treperi po ulici, povrh kuća, bašta, zelenila, i on sam oseća kako se zaista sve zaboravlja. I čisto sa nekom raznežemom tugom misli: kako se sve to, i smrt, pokojnici, zaboravljaju. Nestaje ih. Sasvim se gube. Kao da je uvek ovako bilo lepo, sveže, mirno, i po ulici, i po kućama, čaršiji, svuda.

Kao uvek, tada bi se već na kapijama duž cele ulice šarenile žene, devojke, deca. Na kamenovima do kapije videli bi se starci, razuzureni, mrzeći ih da se ponovo stežu, opasuju i izlaze u čaršiju. I već raspasani, u papučama, s lulama u ustima sede tu. A više njih njihovi mlađi stoje. Sproću Mladenovih, na kapiji gazda-Stojančetovoj, sve njegove kćeri izišle. Kao uvek, sve one gotovo u jednom odelu, s jednakim brojem nizâ na prsima, i, neka suvlja, neka deblja, ali sve plave, jednaka lika. Do njih brat im. On onako slabunjav, obučen u novo odelo, pa mada je i leto, utopljen po dvema pamuklijama, i tako naguntan, debeo, izgleda još suvlji, tanji. Kroza njih vidi im se kaldrmisano široko dvorište, sniska, s doksatom široka kuća i velika, iza kuće im, zelena bašta.

A ispod Mladenovih na kapiji gazda-Marka vidi se kako sedi tamo sam stari gazda Marko. Pogrbljen, bez pojasa, u papučama i belim, visokim čarapama. Više njega vidi se kako se beli kći mu, Jovanka. Kao svakad, tako je i tad obučena u belo odelo. U šalvarama i belom, tesnom mintanu, sa širokim zatvorenim rukavima. Od cele nje onako bele samo joj odskače crna kosa i više uva joj u stranu priljubljen veliki kadifeni cvet, božur. Svakog časa ona, odupirući se rukama o kapiju, isturajući ramena, prsa, saginjući se nad ocem, izviruje otuda i gleda ulicom dole-gore. Gleda da li su po kapijama već sve devojke izišle. A naročito da li su sproću Mladena gazda-Stojančetove, koje je uvek sebi zovu. Zovu je da tamo ona kod njih na kapiji sedi, razgovara se. A kako je vesela, svakoga ko prođe ulicom, naročito momke iz drugih mahala, kad zamaknu, ona ogovara i smeje im se. A naročito zna da će je sada one sigurno zvati, što je već poslednja nedelja vašanka, što će se sada, kada se već zahladnelo, one sve tamo u bašti, gde ih niko ne vidi, na ljuljašci ljuljati, pevati.

I zaista, čim je ove spaziše da viri, beli se na kapiji više oca, počeše da je viču:

— Odi, Jovanka, odi ovamo!

Jovanka na to odmah se zabeli. Veselo, čisto trčeći poleti k njima. Zaklanjajući rukom oči i čelo od sunca, ona im prilazi. Idući tom suprotnom stranom gde sunce obasjava, ona se sva sija. Njene bele šalvare, široki rukavi mintana joj prozračni i osvetljeni suncem, čine da joj se još jače kroz njih vidi, ocrtava, mlado joj veselo telo.

Mladen vidi kako njega gleda. Zna da je lepa, lepo se namestila, pa ga sa zadovoljstvom gleda, traži da od Mladena vidi da li je zadovoljan njome, kako se obukla, nakitila. I jednako vijući se, zaklanjajući se rukom od sunca, veselo dolazi do Stojančetovih.

— Stojno — oslovljava najmlađu — jesi li učvrstila ljuljašku? — pa, tobož kao da do tada nije spazila kako je kod Mladena na kapiji i baba mu, majka, ona iznenađena veselo dotrči babi [k] ruci. — A ja babu ne vidim! — govori ljubeći je u ruku, ali kao jednako gledajući u Mladena veselo, sjajno, što zna kako je lepa, dopada mu se. Mladen je strogo, pametno gleda. Zna da će taj njegov strog pogled nju kao umiriti, te da nije tako vesela, raskalašna, da se kao pribere, ne izda. Naročito zbog babe. Da se babi tako ona suviše vesela ne učini neugodna.

I onda Mladen odlazi u čaršiju. Da tamo u hladu, na ćepencima sedi sa ostalim čaršilijama, razgovara se a da, sav srećan, misli kako se sada ona, Jovanka, sa Stojančetovim kćerima, u njihovoj zelenoj bašti, na ljuljašci ljulja, peva. Najviše, najopasnije da se ona ljulja, izdiže. I držeći se na užetu, koprcajući se, zabacujući prsa i kosu s čela i glave, toliko se ona ljulja kao da hoće da se iznad bašte, kuće, gore, toliko visoko, visoko uzdigne, da bi mogla čak i ovamo u čaršiji da vidi njega, Mladena.

IV

Dolazi Lazarica. Cvetna nedelja pre Uskrsa. I ona, Jovanka, peva:

Što se, ludo, mlad ne ženiš?
Što se, ludo, mlad ne ženiš?

I to po ceo dan. Od jutra do mraka. Radeći, bilo po kući, bilo po dvorištu. Ali u onom „što se, ludo, mlad ne ženiš?", on oseti svu njenu ljubav, molbu, slatko pozivanje, milovanje, da se ženi, njome da se ženi... Što je ludo, što se ne ženi, što je ne uzima, ljubi, grli, kad eto već Uskrs i proleće!

Samo kod Stojančetovih što su joj kao ne branili da odlazi, a i kod Mladenovih. U te dve kuće mogla je ona svakad, u svako doba, ne pitajući ih da odlazi, sedi tamo, pa čak i da noći. Toliko su bili sigurni za nju kod te dve kuće. Naročito kod Mladena. I naročito kad Mladen poče da se diže, biva kao što treba, da ne samo sad više nego otac mu poče da zarađuje, proširuje, učvršćava radnju, nego kad sasvim odskoči, podiže se, i uze sve u svoje ruke i postade ono što je u redu, kako treba da je sin na kome ostane kuća, radnja...

Jovankin otac, gazda Marko, slab, čuvan, već posrćući od slabosti, čisto se i sam osećao srećan u Mladenu. Gledajući ga kako s dana na dan sve bolji, sigurniji biva, kuću puni, radnju proširuje, kao da je on Mladen, tako se osećao srećan što Mladen napreduje.

— Tako, tako! — govorio bi on. A u tome njegovom „tako, tako" bilo je kao neke osvete, zadovoljstva prema ostalima u čaršiji. Kao da Mladen svojim napredovanjem i njega sveti, pokazuje svetu kako nije istina da kad stare kuće ostanu bez očeva, moraju od sinova koji posle njih dođu da propadnu, nestane ih. Eto on, Mladen, ne dâ to da bude. Ako on, Marko, zato što je poslednji ostao od tolike porodice, pa mora zato da je slab, da se čuva, da ne bi umro i tako s njime i sva kuća, a ono eto bar Mladen ne dâ tako da bude s njegovom kućom, već se diže, ne dâ.

Kao da je on Mladen, tako je stari Marko bio srećan u Mladenu, zadovoljan. Čisto detinjasto radosno slušao je šta se govori o njemu po čaršiji, međ trgovcima. I kao da njega hvale, po ceo dan sedeći kod kuće, čuvajući se, lečeći se, posle bi pričao ženi, javljao joj sve što Mladen radi. Kako radnja već uveliko puna, već mora da se kupi do njega drugi dućan da se proširi, nema espap gde da stoji. Stari hadži Zafir već i ne pita. Može Mladen sve iz njegovih magaza da prenese kod sebe. I o svemu što se čuje za Mladena, srećno, zadovoljno bi pričao kao da je Mladenova kuća i radnja njegova, i ona napreduje, cveta.

Sav srećan, kad bi mu se dosadilo kod kuće, on bi izlazio.

— Kod Mladena... — govorio bi ženi i Jovanki odlazeći i poštapajući se, kako je odmah od kapije im počeo, onako čuvan, izbolovan.

On zna da do njega stoji. Da je ona njegova. Vidi koliko ga voli. Sa koliko ljubavi, veselosti, sjaja u očima navek mu prilazi. Sva je njegova. Ali on je svojim pametnim, suvim licem, mirnim pogledom navek umiruje. Uvek prema njoj trezven, miran, kao brat joj. I ona ga sluša, milo, pokorno, mada bi volela da je on još bolji: nežniji, otvoreniji.

Zna Mladen da ne samo što bi mu dala da je ljubi, grli, već da bi i sve što god on hoće. Čak, kad bi joj kazao da se noću iz svoje kuće, preko visokog zida, popne i dođe k njemu, tu, u baštu, da do njega sedi, leži, i da joj on — ne ljubi, već samo da joj svoju ruku metne ispod lica, oko grla i oseća kako ona miriše, topi se, a više njih česma šušti, kuća se ocrtava — da bi ona i to učinila.

Čak, kad bi je i roditelji spazili, pitali kuda, a ona kazala im da kod njega, Mladena, ide, i oni ne bi bili protivni.

— A, kod Mladena? Dobro! — rekli bi joj.

Toliko je Mladen o sebi imao vere, pouzdanja. Znalo se da on rđavo neće ništa, da je on Mladen, a ne kao drugi. Znao je za sve to Mladen. Znao je kako će to biti lepo kad se samo poruši zid pa obe kuće postanu jedno. Njena visoka, s cvećem, alejama, a njihova gore. Gore u kući baba, majka, brat mu, a dole njena mati i otac joj. Otac onako star skoro će umreti i mati joj doći će gore kod njih, babe. A ona, Jovanka, njih sve dvoriće, slušati. I to kako rado, od srca! Znao je sve to Mladen. Znao je kako će sve to biti lepo kad je uzme, ali uvek, osećajući svu tu sreću, u isto vreme osećao je i kao neko čupanje oko srca, predosećanje. Kao naslućivanje da, možda, sigurno, neće baš tako sve biti... Biće bola, jada.

Koliko puta tako uveče, kad posle dućana i dobra pazara mirno, srećno pođe kući, sav blažen misleći na nju, gledajući kako se njena kuća iza njihove onako visoka, s drvećem, u večeri, mraku, gubi, tone, a njega, iznenada, odjednom čisto kao u kolenima nešto preseče. Posrne.

— Ah! — i klone, a ne zna zašto. Samo zna da usled zlokobljenja, slutnje, toliko se jadan oseti da čisto malakše.

I naslutio je.

Ali mu najteže bi kada jednoga dana dođe njen otac i, kao uvek, snebivajući se, bojeći se da mu nije na dosadi, zadržava ga od njegovih, drugih, važnijih poslova a ne kao što je taj za šta je došao da ga moli. Uvek, iz velikog poštovanja prema njemu, kad god je dolazio kod njega na razgovor ili tako nešto, on je uvek dolazio sa strahom, nikad ne hteo da sedne, svršavao na brzu ruku, sve iz bojazni da on, takav čovek trgovac, zbog njega ne zadrži se, ne svrši kakav svoj veliki posao, kao što su svi njegovi poslovi, i posle ne potuži se: „Ama ne mogah, dođe ’ča Marko i omete me...” I zato ’ča Marko kad god je dolazio k njemu, još s praga dućanskog počeo bi uplašeno da ga zaustavlja:

— Sedi, sedi... Gledaj si tvoj posao. Produži, produži. Ja imam kada i da pričekam.

I ne davao mu da se, kao što dolikuje mlađem, digne, pođe na susret, rukuje se. Već došao bi do njega i sedajući polako, skučeno, počeo da ga pita, moli za šta, a uvek dodavajući: „Ako imaš kad, da ti to nije na smetnji”.

Tako je i tada. Jednoga dana došao i počeo da mu priča, upravo da ga moli. Mladen se nadao tome. Nadao se da će i to jednoga dana doći, da će čuti kako nju, Jovanku, udaju za nekoga. I bio spreman. Čak se nadao da će njen otac doći da ga, pre no što je udadu, pita, savetuje se. Ali ne radi čega drugog, već pitajući ga za savet, u isto vreme da ga zamoli da, ako im prilikom svadbe nestane bilo novaca, bilo drugo, obeća im da će im on uzajmiti, da ne bi išli kod drugog trgovca iz druge mahale. Mladen, nadajući se svemu tome, ne iznenadi se kad starac poče da mu priča, i to ponizno, u najvećoj tajnosti, kako se ovih dana javio taj i taj, iz neke čak gornje mahale. Ali pošto on već toliko vreme ne izlazi u svet, ne poznaje ga, pozaboravljao, to moli njega da im on, ako ga zna ili se raspita, i kaže, posavetuje ih. Ali se iznenadi kad starac reče kako, pored njega i matere, i ona, Jovanka, devojka, ga moli. Ispočetka nije pristajala, izgovarala se da mladoženju ne zna.

Uzalud joj majka govorila da ga oni svi poznaju, i pomenula pored ostalih i njega. Onda ona, Jovanka, rekla: „Pa ako brat Mladen kaže, dobro, poći ću...” To, poslednje, Mladena iznenadilo. U tom njenom, da joj on kaže da li da pođe za drugoga ili ne, oseti on i njeno lukavstvo da time njega primora, da se reši, i ako je voli, prosi je, ne odobri joj da za drugoga pođe... I to Mladena iznenadi. Da se ne bi odao on...

I baš zato bilo mu je teško, ne, nego krivo na nju. Kao da nije znala, osećala da ne treba toliko baš da ga muči, da mu baca odgovornost... Zar je malo što on nju ne može da uzme, nego još i to da joj on kaže, odobri da pođe za drugoga. I, sažaljevao je nju, sebe već ne. On zna da mora da radi kao što treba, dolikuje čoveku, sinu, na kome je ostala kuća, majka, baba, brat. Dakle, sažaljevajući nju, njenu naivnost što ona, valjda bojeći se da ako se kadgod docnije u životu nađu, sastanu, da joj on ne bi kadgod možda prebacio, ona se sad stavlja kao pod njegovu ruku, na raspoloženje, da on odluči, reši da pođe za drugog, kako joj posle ne bi prebacio... Sažaljevao je. Ali ipak za ta dva-tri dana što je imao da im javi za valjanost prosioca, ipak bilo mu je teško. Ne što je gubi. On se s time bio odavno izmirio. Nego što pored toga traže, ištu još i tu žrtvu. I zato mu je bilo teško. Zašto baš i to od njega? Zar nije dosta što se odrekao nje, nego još i on sam da reši da pođe za drugog? Zato mu je bilo teško.

To je i njegova mati kao osećala. A i ona kao da je znala, bila je u nekom dosluhu s devojkom i sa svima njima... I, osećala je, i kao da je znala, da on ima za ova dva dana da im kaže, reši se... A kao da je predosećala da, ako nju ne uzme, sad se ne oženi, kakav je on, nikad više neće se oženiti. A opet, kao uvek, bojeći ga se, ne smejući ni za šta da ga pita, a najmanje za to, ona za ta dva dana, očajno, brižno, plačno pratila ga, strepeći i umirući od straha. I baba mu kao da je to znala.

Odmah, čim je došao kući, po pogledu babinom i materinom sklanjanju, sakrivanju od njega, video je da one sve znaju. Da je prvo tu bilo svršeno. Da je, po običaju, prvo tu, kod babe i matere, njen otac dolazio. I kao probajući, nije glavno bilo taj prosilac, već da time, pitajući za njega, tražeći savete, kao odobrenje, vide, doznaju da li oni misle nju za Mladena da uzmu, te onda može da čekaju, neka Jovanka sedi; ali, ako odgovore, kažu da je udadu i time potvrde da ne misle da je uzimaju, onda da bar priliku ne propuštaju... Pa i kad su od babina odgovora videli da nema ništa, opet, vidi se koliko su želeli, nadali se i molili Boga da je Mladen uzme, kao poslednje, otac čak kod njega u dućan došao, da i njega tobož pita, a u stvari da i od njega odgovor dobije, da i od njega samog bude odbijen, da, možda, posle, ako dete, tamo, sa mužem, ne bude srećno, kadikada se zaplače, da oni, otac, mati, ne prebacuju sebi da su propustili a da ne učine sve da im dete pođe za onoga koga voli... Ali, kad neće on sam, onda sigurno: pisano je, sudbina je takva.

Mladen, čim je došao, ulazeći na kapiju, silazeći ka kući, videći babu ispred kuće kako, tobož u poslu, zasukanih rukava, radi, po njenom ukočenom brižnom pogledu kojim ga je dočekala, i po dubini ispitujućeg pogleda, video je da sve zna. Zna da je otac kod njega dolazio, pitao ga, tražio savet. I da ona zna šta u stvari znači taj starčev dolazak, to njegovo traženje pristanka.

I već je bila drukča, mekša. Kao hoteći da mu pomogne a i kao izvinjavajući sebe, nehotice, iznenada, kad on dođe, poljubi je u ruku, prošapta ona:

— Pa kako si mi, sinko?

Iznenađujući se, ravnodušno odgovorio je:

— Dobro, nane!

Za njim, prateći ga, kao jednako hoteći da dozna sve, ušla je i ona.

Mati mu već se krila, postavljajući sofru za ručak, donoseći i sipajući jela jednako je krila glavu, ne smejući u njega da pogleda, kao da je za ono sve ona kriva. Čak nije ni ručala. Nadohvat, dva-tri zalogaja, pa se odmah digla i otišla tobož nekim poslom, tamo, dole, udno bašte.

On i baba jeli su ćuteći. Ona gotovo ne jeducí, tek običaja radi, a jednako u nj gledajući upitno, brižno. Ali njemu ruke nisu drhtale. Lice mu je bilo, kao uvek, suvo, više crno no bledo. Prsti ruku mu polako, mirno su uzimali zalogaje. I smerno, mirno, kad je ručao, prekrstio se i otresav s krila mrve, uzimajući maramu sa kolena, počeo da se diže.

— Jedi, sinko! — poče ga nuditi baba.

— Neka, dosta. A imam posla, pa teško će mi biti.

— Kusni, kusni ti, a posao imaćeš kada.

Prvi put od očeve smrti bilo je tada što ga je baba od posla, rada odstranjivala. I odjednom, naprečac, kao samu sebe goneći, upita ga:

— A je li bio prijatelj Marko?

— Bio! — mirno, pouzdano odgovori.

— Pa?

— Pa — osmehnuvši se ravnodušno — pita za Stojmena. Traže Jovanku za njega. A i za espap što će trebati za udadbu, svadbu, na veresiju da uzme.

— A, za to, neka već uzme — odahnuvši prekida ga baba.

On, pogađajući njene misli, nastavi:

— Pa neka mu je dadu. On jedinac. Imanja dosta imaju. Dobar. Bolje...

— Pa jest', sinko! Šta ćeš? Sirotinja. Kud će bolju priliku da nađe? A za svadbu gledaćemo i mi da štogod učinimo, damo...

I tih dana bilo je za Mladena najmučnije, najteže. Ne za njega. On je sa sobom već bio svršio, bio načisto. Ali bilo je teško u kući. Čudna, puna straha, zebnje bila je neka tišina, neko mrtvilo. Kao da se nešto otkinulo od kuće. Otac Jovankin i mati već se nikako nisu viđali. Jovanka, međutim, mada je čula za tu proševinu, ipak ne polažući na nju ništa — toliko je bila uverena u njega, Mladena — ipak je, istina ne baš kao pre tako često, ali ipak dolazila je. I onako veselo, nasmejano, izlazeći iz kapije, trčala bi vijući se i šibajući dugim, gustim kurjucima po leđima sva zajapurena, srećna, znajući kako joj to lepo stoji. Kod njih bi isto tako utrčavala, od babe tražila kakvu urutku, sud u poslugu, sa materom mu slatko se šalila i razgovarala. I kad bi se i s njim našla, kao i pre, uvek bi ga za svašta zapitkivala, pitala za savet, da joj iz dućana to i to pošlje ili po momku iz druge trgovine uzme, pošto on to zna najbolje i svagda, predajući mu se sva, unosila bi se u nj nasmejana, srećna. I on uvek, kao stariji brat, smejao joj se, i kad bi joj se oči počele jače da crne, svetle, usta crvenija, vlažnija da bivaju, a ispod grla, mekog, nežnog, da jače trepti, i čisto se čuje neko grcanje, on bi je utišavao:

— Hajd', hajd'! Idi radi...

Ali ovamo, baba, mati, sve je bilo nemo, pogruženo, upropašćeno. Mati, kao uvek, kao da je ona za sve kriva, jednako je bežala, krila se i tamo možda uzdisala, a baba nikako ga ne ispuštala. Danju, uveče, nije bilo a da ga ona na kapiji već ne čeka, ne predusreće onim brižnim upitnim pogledom kao pitajući, strepeći, da mu s lica pročita, dozna: šta će biti? Kako će se svršiti? Celog dana bi iz rodbine dolazili (pošto se odavno to slutilo, znalo) i pogruženo, ne govoreći ništa, nemo se dolazilo i odlazilo... Kao da se očekivalo nešto strašno, neka propast, nesreća, da se sve svrši, sruši i nestane. A opet svakog dana se kuća, naročito gornji sprat, sobe, balkon čistili, nameštali, nameštaj se razastirao i kao da to što ima da dođe, ma kakvo da je strašno, poražavajuće, ipak kada nastupi, dođe, ima bar nameštenu i čistu kuću da zateče.

Naročito su bile noći teške.

Te večeri, mada je bio rešen već da sutra treba da im dâ savet, a u stvari svoj odgovor Jovanki, poruči kući da ga ne čekaju na večeru. Da bez njega večeraju, legnu, a on će ostati u dućanu jer ima posla, veresiju da pregleda. Znao je da će se baba dosetiti da je to izgovor, a da je u stvari drugo: Jovanka i njegov odgovor njoj sutra. Ali nije mogao drukčije. Nije mogao da ode kući. Izdao bi se. Svađao bi se i s babom, i sa svima, toliko mu je bilo.

I dobro mu dođe što ostade sam u dućanu. Zatvoren, u mraku, bez svetlosti, znajući da je svuda već mir, tišina, po čaršiji nema već nikoga, svi otišli kućama, večeraju, ležu, a on sam. Dobro mu dođe ta samoća. U dnu magaze gorela je u čiraku lojana sveća, on je bio gore u dućanu. Da bi bio kao još usamljeniji, on se diže i pređe tamo, u magazu. Sveća je, zaklonjena kamenima soli, buradima, daskama, jedva gorela i osvetljavala. On sede. I tako u dnu magaze, usamljen, ograđen dućanom, kako mu sladak dođe bol! Nije hteo ništa da misli. Ne što nije mogao, umeo, već nije hteo. Znao je da je nepotrebno, da je svršeno, rešeno o njoj. A znao je da kad bi mislio, mislio bi o onome što je već svršeno i sad je nepotrebno, nije u redu, ne dolikuje mu... Mislio bi o njoj, o njenim crnim veselim očima, o njenom sad istina zbog neizvesnosti njegova odgovora malo bledom, uznemirenom, ali uvek nasmejanom licu; o zakićenim cvećem njenim toplim, tihim, mirišljavim, nedrima, o polovini, o bošči njenoj koja joj tako lepo pada i obvija njena vitka mila bedra...

Diže se. Znao je da su već do sad kod kuće večerali, legli, te on sad može isto ovako u samoći i tamo kod kuće da je.

Pošto zatvori dućan, pođe. Već noć mrtva, čaršija mrtva. Crni se kaldrma. S obe strane, sniski, kao nanizani, crne se dućani, streje, ćepenke. On je išao. I čak kao ohrabren umiren usled ove samoće. Istina, da mu se iznenada, odjednom kao noge odseku, kao da klecne. Na to ništa ne bi odgovorio, ni uzdahnuo, ni namrštio se, ni rekao: „Oh!" Znao je da ništa ne pomaže. Niti da pomaže ono kad savi, uđe u ulicu, koja isto tako mrtva, pusta i crni se, a ispod njihove Jovankina visoka kuća jače se crni i kao da mu ona nešto govori, te njemu od toga srce trne. Znao je da je sve to ništa i zato je išao mirno, ukočeno, pognute glave.

Kad dođe do kapije, otvori je, prekorači prag ali, oh! oseti kako mu se u kuću ne ulazi. Ali ipak mirno ulazi. Mada zna kako se kuća crni, dvorište širi, ispod dvorišta, opet, više zida visoka zajedno sa drvećem crni se njena kuća, leluja otuda i kao da nešto govori, oplakuje ga. Dolazi kući, prilazi česmi, hteo bi da se sagne, ohladi glavu, čelo, ali zna da baba mu i majka, mada se čuje kako hrču, spavaju, ipak ne spavaju, već videći ga kako se saginje česmi, hladi čelo, videće njegov bol, muku. Zato samo, kao pribirajući snage da uđe u kuću, ostaje do česme da stoji, odupire se o direk, sluša kako voda teče, pada. Kako bi, jeknuv iz sveg srca, pao, skljokao se ispod česme, pružio vrat, glavu, ruke, kolena pod vodu da ga ona zapljuskuje, poliva, hladi, kameni! Posle, kao mukom odvajajući se, silom, mirno, tiho, da ih ne probudi, ulazi u kuću, ulazi u sobu. Beli se postelja mu. Čak, Mladen poznaje kako je brižno, ugađajući mu, ona lepo nameštena, kao da znaju za njegov bol, muku, pa hoće bar posteljom, lepo, brižljivo nameštenom, da mu kao olakšaju, pokažu kao učestvujući u njegovoj muci. Ali to njega još više buni, boli. Šta oni da se mešaju, kao ulaguju mu se, kad ovamo na dnu srca, potajno nadaju se da će je on odbiti, ne uzeti.

————

Ćutala je. Zaklopila se nad razbojem sa rukama na čelu. Ramena i vrat joj videlo se kako se tresu. I sa strane, ispod pazuha, videlo se kako joj se prsa tresu i odozgo sa lica idu, lete niz prsa suze joj. Mladen je osećao da ona plačući, u tom jadu, plaču, čeka da joj on pristupi, uteši je, bar da mu se obisne, zaboravi sve i na njegovom ramenu isplače se sita, sita. Ali on to nije hteo. Stajao i čekao.

Ona diže glavu.

— Zašto? — upita ga, a oči joj, njene crne oči, pocrvenele od plača, trepavice došle još crnje, vlažne, mokre, a usta joj, podbradak, vrat sve to vrelo umrljano suzama.

Mladen se osmehnu.

— Zašto? Zato što si luda. Što misliš da se sve jede što leti. Šta mu fali? Ideš u punu kuću, kuću bogatu. On jedinac, miran, dobar, na rukama da te nosa... A hoćeš valjda za nekoga ludog, besnog, da te bije, tuče, da trpiš za hleb.

Ona prestala da plače. Zinula i gledala. Skamenila se gotovo od njegova izgleda, glasa. Ništa da u njemu drhti, da se poznaje. A zna da je voli, da i njemu srce puca, ali za njega to ništa nije što on oseća, trpi.

Čak i kad ona odobri, reče da će poći, on niti se zaradova, niti klecnu od bola, već, sasvim kao da je to odavno trebalo tako da bude, nasmeja se i pomilova je po ovlaženoj glavi.

— Pa tako, ludo!

I ode. Ode suho, kruto, polako, da njoj dođe da se ne za sebe, već za nj, gledajući ga takvog, zaplače i padne, obgrli noge i na sav glas zakuka za njim: „Mladene, brate!” I zaista, kad je on otišao, ona se ponovo poklopila po razboju i plakala, plakala ne za sebe, već za nj, za njegovu mladost, za njegovu čistu suvu snagu, za njegovo crno pametno oko... Za Mladena, njenog, milog, slatkog brata Mladena.

I za sve vreme spremanja, od ispita do svadbe, nije ništa bilo onako kao kod drugih. On je za sve znao, dolazio, naređivao, vodio brigu i o spremi, darovima. Ne da, kao drugi na njegovom mestu, kadgod pokaže se, dert, jad, bol da iskaže. Ona je želela da ga vidi bar kadgod da on poklecne, pokaže kako ga boli, kako...

. . . .

... [kao] drugi ili da nikako ne dolazi, ne viđa je otkako se isprosila za drugog, navlaš izbegava da je vidi, obilazi izdaleka njenu kuću i mahalu, čak, u inat njoj, i on da se odmah ženi; ili da dolazi, viđa je i uvek, bilo pri igri, pri pesmi, on navlaš, naročito da peva kakvu pesmu na to, koja kori, kune, i da od jada pije, ide po mehanama, lumpuje, noću sa sviračima pijano, besno, uz pucanj pušaka prolazi pored njene kuće... Ništa od toga. Mladen kao i pre...

Uveče, sedeći na ćepenci, ispred dućana, Mladen je video kako odozgo sa ostalim mladim ženama i devojkama Jovanka ide iz amama gde je, po običaju, išla da se okupa i spremi za sutrašnji dan, za svadbu, za venčanje. Odmah zatim, čim poče da pada mrak, vide ono spremanje za svadbu. Od njega, iz dućana, još juče sve su uzeli što je trebalo. Ali tada počeše po običaju da se iz mehana, gostionica viđaju kako se klupe, astali iznose i ulicom nose za tamo. Ču se odozgo kako, idući čaršijom iz njihove, ciganske mahale, uz pratnju gungule dece, mangupa, svirači svirajući zamakoše u njinu ulicu, dočekani takođe gungulom dece iz njine ulice. Odmah zatim vide kako, da bi se duže, jače i bolje mogao videti, u dvoja-troja kola natovaren dar, pronesen otuda iz ulice, pođe čaršijom i zaobilazeći, praćen svirkom odostrag, opet uđe u ulicu i odnesen bi u svekrovu kuću. Zatim nastade ono ovamo kod Mladena, u čaršiji koja je već bila prazna od prolaznika, mirna i tiha, otuda iz ulice, njine kuće, kao god sa svake svadbe, dopiranje svirke, meko, kroz noćnu hladovinu i tišinu grotanje, izvijanje grneta, udaranje daira, pesme Ciganki. I svaki čas otud užurbano izletanje dece, slugu po čaršiji, po mehanama, donošenje još što se bilo zaboravilo, ne setilo se... Mladen je bio zanet u posao. Kao uvek, subotom posle velikog pazara, uveče je bio sav zanet pregledom dućana, magaze. Stojeći na ulazu od dućana, pomno, brižno gledao je kako unutra sluge donose i vuku u redove krupice soli, gvozdene poluge, vreće brašna, vune, što je tog dana usled kupovine, gledanja i probanja od mušterija bilo izvučeno, jedno preko drugog u neredu stajalo, i u isto vreme slušao otuda svirku, gledao kako što jače noć, mrak, tišina i hlad, to jače otuda svirka, pesma biva i ovamo u čaršiji osvaja, opija. Već počeli furundžije, srećni od pazara, mehandžije, koji su inače sa mušterijama celog dana pili, već počeli da ispred mehana iznose stolove i stolice i sami sedaju, piju, furundžije svaki čas, umorni, zadovoljni i siti od današnjeg po tri puta pečenja i vađenja hleba, počeli svaki čas da istrčavaju i odlaze u mehane, usput zajedno pevajući iste pesme uz svirku što se otuda čula. Pop Trajko već brižno prolazi i ide kući znajući da će mu sin, kao uvek kada u komšiluku ima svadba, veselje, on već tamo biti, opiti se, načiniti svađu, kavgu… Iz berbernica već svaki čas izleću šegrti vraćajući se sa polićima rakije koje nose gostima što, poređani, čekaju na red brijanja, ne mogući da se odvoje i odu sami.

Izgledalo je da je ceo taj kraj varoši gde je bila njina ulica, odakle se čula svirka, pesma, zajedno i on sa njima se veselio i terao svadbu i da će ovamo, za svoj račun, odvojeno i on se veseliti, piti. Zato se Mladen nimalo ne iznenadi kad sa ugla ulice sagleda babu. Nosila je u ruci kanticu za zejtin. Tobož kući nestalo pa došla da uzme. A znao je da nije uistini, da kod kuće zejtina ima, jer se uvek na veliko, u naročitom sudu kući šalje. Ali je odmah znao i zašto ona to čini. Po njenom polakom, kao obazrivom, uplašenom približavanju i negledanju onako pravo, otvoreno u Mladena, Mladen je znao da ona zato dolazi što hoće da je sada, kada već ovo veselje, pijenje, obuzima sve, hoće da je tu, kod njega, da ga odvede kući, bojeći se, strepeći, da možda sada, uoči njene svadbe, od derta, jada, bola, on se ne zaboravi, zapije se i time svima dâ na znanje celu stvar, sve njih obruka.

Mladen, jednako unesen u posao, smejući se u sebi babi, dočekao je kad je ona čisto nečujno došla i zaobilazeći ga na vratima počela da ulazi pozdravljajući:

— Dobro veče! Zejtina nestalo pa… — počela je, a on je, znajući sve, pogađajući šta hoće, prekinuo:

— Ako, ako! Dobro kad si došla. Još malo da svršim, pa bar zajedno da idemo kući. Sedi. Sad ću ja.

— Pa baš dobro — dočeka ona. — I ranije da idemo tamo; znaš, nemaju bogzna koga. Pa ako mi nećemo, kao prve komšije, onda ko će?

— Dobro, nane! A jesu uzimali štogod od nas?

— Jesu! Dala sam im.

I, kao da bi ga odvojila sasvim od te čaršije, mehane, berbernica, gde je već uveliko išlo piće, veselje, i što više privukla kući, tamo, ka njima, počela mu je pričati kako su i šta za svadbu od njih uzeli: koliko čaša, koliko stolica, sahana, sudova; koliko iz koje bačve vina im je dato, koliko rakije.

Mladen, u poslu, otide čak u magazu, slušao je. Naređivao slugama da što pre požure, svrše.

Kada se svadba svršila, ona, Jovanka, pojavila se na svekrovoj kapiji u haljinama neveste, šalvarama od jumbasme, sa zakopčanim mintanom na prsima do grla, i zabrađena ne čajkom već šamijom, sa licem ne devojačkim, izvučenom i rastresenom kosom oko vrata, oko ušiju i po čelu, već mršenom i celivanom kosom; očima podbulim i umornim od strasti; ustima nabreklim i po vratu i licu tamnim, jedva primetnim pegama, naseljenom krvi od ujeda. — Mladen je video i sa podsmehom gledao kako je cela kuća, rodbina, čak i ulica i deo čaršije, komšije mu čisto odahnuli. Kao da se nešto toliko godina spremano, iščekivano i sa zebnjom čekano, gledano kako s dana na dan sve bliže, jače to dolazi da, jednoga dana, dođe, desi se i sve, i Mladena, i trgovinu, i kuću, i rodbinu preseče, poremeti, zaustavi i povrati ih natrag gde su i pre bili, odakle su i počeli. Mladen, radnja da zastane, baba, kao i pre brižno, ne veselo da nadzire, štedi, uzdiše, strepeći da se neće imati, da neće slučajno kuća, imanje propasti, izgubiti se.

Sada, sve to je nestalo. Mladen ne samo da nije dao da se u nj što posumnja, već eto sam se je nje odrekao jer je znao da nije za nj, njihovu kuću, radnju. Zna da, ako bi je uzeo, ovo malo što se ima, što se zateklo u radnji novaca, moralo bi da se, pošto ona ništa ne donosi, sve na svadbu utroši, i radnja bi stala i posle, ko zna kada i kako bi se moglo da dođe do tih novaca, da se opet počne rad, kupovina, prodaja na veliko, a da se ne strepi svaki čas da, ako se odmah po bolju cenu ne proda, da će se propasti, ne imati ni što je najnužnije.

Mladen je odmah video kako posle toga ne samo što je kuća, rodbina odahnula, smirila se, postala vesela, nego kako ga i u čaršiji drukčije gledaju. Odmah, naprečac prestade ona, pored sve usrdnosti i dočeka kod trgovaca, ipak neka potajna zebnja, ustručavanje u davanju mu kredita, novaca u četiri oka, jer: još je mlad, dete. Ko zna? Istina da dobro ide. Bolje se drži i odgovara obavezama nego toliko njih već starih, u godinama trgovaca — ali, ipak, ko zna? Zar se malo puta dešavalo da tako čovek dobro, kao što treba, ide, vlada se, pa odjednom se izgubi, propije, prolola, izgubi se. Ali sada, ovom Jovankinom udajom, kao da je bio položio neki ispit. Jednom zauvek otklonio sumnju da će možda i on biti kao toliki drugi, jednom zasvagda utvrdio mišljenje da ne samo neće biti već da je on drugo nešto, on, Mladen... I otuda odjednom u čaršiji, međ trgovcima, primanje ne kao sebi ravnoga, već kao višeg od njih; kredita otvorena, jasna, bez ustezanja, čak i nuđenje, kao neko ulagivanje, traženje prilike da mu učini i time nešto ga obaveže, da bi i on njih docnije, jer se već vidi koliki će i kakav veliki trgovac on biti. Iz cele rodbine, udaljene tetke i strine, većinom udovice, ono malo uštede, gotova novca, strepeći da drže kod sebe to, da se ili ne izgubi, ili ne opaze sinovi im pa uzmu, počele su da k njemu donose i ostavljaju na čuvanje. Baba opet, kao nekada, sva gorda, unesena, srećna. Majka, kao prebolevši neku bolest, opet se odade na svoju kujnu, na svoje sobe, nameštanje, čišćenje, gotovljenje i nadgledanje mlađeg brata. Što je najglavnije, ne samo između njih i Jovankine kuće, kao i između svekrove, što se ne prekinuli, ohladneli odnosi, već sve više, nekako usrdniji postajali. Naročito baba. Kao da bi htela nešto da zagladi, ublaži, gotovo svakog dana odlazila je kod Jovankinih. Uvek, ma kakvo se jelo gotovilo, slala bi starom na ponudu. Kod same Jovanke takođe odlazila. I kao nikada dotle, razgovorna, čak i zadirkivajući Jovanku i muža joj, koji je, po običaju, onako slabunjav, ceo dan sedeo kod kuće. Mladen sam oseti i vide kako je zaista sve to lepo. Oseti novu snagu, zadovoljstvo i sreću što je sve tako kao što treba. I sam on, uvek, dolazeći kući, videći kako ga, kao uvek, na kapiji čeka baba a sproću nje na kapiji stoji Jovanka i muž joj očekujući svekra da dođe iz čaršije, navlaš, da ne bi dao babi da posumnja da i posle toga možda on misli na nju, teško mu je kada je vidi, pravo bi se k njima na kapiju upućivao. Muž joj, instinktivno dizao bi se i stojeći ga dočekivao.

— Kako? — nasmejano, srećno pitao bi ih on. I šaleći se, okretao bi se mužu joj, pokazujući na nju: — Kako ova? Sluša li te?

— Sluša, sluša, bata-Mladene!...

Otuda, sa njine kapije, umešala bi se baba, kao da ne izostane, kao razumevajući potpuno Mladena, njegovu snishodljivost, kao dajući im milost, opštenje, zdravljenje, odgovarala bi hvaleći Jovanku:

— A sluša, sluša, naša Jovanka! Svekrva joj ne može da se nahvali. Vidim svekra joj kao da se podmladio. Uvek bele čarape, čista košulja na njemu. Ofiksane cipele. Svako jutro, kada ga vidim, diram ga, pitam: „More, ona tvoja baba nešto se provrednela?" A on odgovara i čisto kao da blagosilja: „A, po babi mi, mogle bi vaške da me jedu, nego bog da prosti!"...

Jovanka, zastiđena, onako obučena u novo, raskošno odelo, zakićena a sa onim odskora postale žene razbludnim, još sasvim nezasićenim očima, ustima, telom, crveneći od tolike hvale, krila bi se i mucala, ograđujući se:

— Ama nije, nano! Nisam ni ja baš tako vredna.

I ako bi utom (otkako oženio sina, dobio Jovanku, nikako ne može da prođe a da u svakoj kafani ne zastane, ne časti za snahu prijatelje, poznanike) odozgo još sa čaršije video se svekar joj kako i on iz dućana, na ručak, odmor, dolazi, a uvek sa zavežljajem u rukama u kome je bilo darova, slatkiša, ponuda, za njegovu Jovanku; on, čim bi video Mladena na svojoj kapiji i sproću babu, odmah, ako bi pušio, cigaru bacao, muštiklu zavlačio i kao doterujući se, čisteći, dolazio bi, sav srećan što je on, Mladen, stao i to kod njega, sa sinom i snahom na kapiji razgovara se. Jovanka, videvši ga, istrčavala bi i razmaženo, ulagujući se, dolazila bi mu ljubeći ga u ruku, odmah, kao dete, baratajući mu usput po nedrima, pojasu, tražeći to što joj je doneo i uzimajući radosno zagledala. Svekar, srećan, kao braneći se od nje, dolazio bi i još srećniji, i kao da su on i Mladen nešto zasebno, više od svih njih, zdravio bi se:

— Kako si mi, prijatelju?

I na odgovor, kao izveštaj zašto je Mladen stao tu, stoji, raspituje se za snahu mu da li je vredna, poslušna — sve u šali, dirajući Jovanku — svekar je odgovarao, kao uzimao je u odbranu:

— A, vredna mi je ona, vredna — i, čisto moleći: — Hajdemo, Mladene! Hajde, baba-Stano! — pozivao bi ih i ulazili unutra, a Jovanki migom zapovedao da ide i donese posluženje. I tu, u dvorištu, sedeli bi, služili bi se. Stari, svekar joj, sav srećan dirao bi svoju ženu, svekrvu, terao je da brže potrči, donese, posluži mezetom. Mladen bi pio, kao uvek, tek običaja radi; baba, kao da bi odobrovoljila Mladena, pila bi više, da on, Mladen, po njoj, videći kako ona pije, može slobodno, bez brige, ako hoće i želi da pije. Utom bi i mati dolazila. Ona, videći da je ručku vreme prošlo, spremivši sve, a videv da njih, babe i Mladena, nema, a znajući da su sigurno ovamo kod njih navratili, dolazila bi naposletku i ona. Ali još kao sa tragom straha od pređašnjice, kao još ne mogući se sasvim navići na taj novi odnošaj, život, i kao još strepeći.

Utom, svekar joj sasvim raspoložen, naređivao bi sinu da, znajući kako će to Jovanki, snaji, biti radosno, da ide i pozove starca i starku, prijatelje, ovamo, da im kaže i da ih prekori: zašto da ne dođu, nisu tu, kad znaju kako on, prijatelj im, ne može da pije bez njih, nije mu slatko... I zato da odmah dođu. I, šaleći se poručivao sinu: „Prijatelj i ako hoće i ako neće da dođe; ali prija (tašta mu) da neizostavno dođe, jer noćas (dirajući svoju babu) snevao je nešto pa ne može a da je ne vidi"... Ubrzo bi dolazili i oni. I svi bi srećni, radosni nastavljali da se časte, ostaju na ručak... Uveče, opet, koliko ih je puta tako isto sve zaticao Mladen kod njih, obično dole, u bašti, odvojeni i na travi sede, piju, mezetišu i časte se. Baba, kao nikada do tada, raskošna, nudi jednako, ne dâ da odlaze.

U početku Jovanka sve kao čudeći se i u strahu, kao da oni, ceo svet, ne zna za tu njenu ljubav prema Mladenu, i bojeći se da se to nije zaboravilo, ne mogući da kao dopusti niti dâ da je to zaista bila šala, ništa, mali zanos i budalaština — jer ne bi ovako i dalje produžili da žive jedni s drugim čak i više, usrdnije — strepela je, nije mogla da pojmi. Ali docnije pak je bila i radosna što može staru naviku da produži. Da je kao pre gotovo svaki čas kod Mladenovih. Da slobodno, trčeći, vijući se, čas odlazi kod njih, čas kod matere, oca. Da sa majkom Mladenovom opet i dalje produži ono njino, kao šaljenje, zadirkivanje. Da se sa Mladenom opet svakog dana viđa, sastaje. A da uvek, pred ručak, večeru, kada se zna da on dolazi iz čaršije, ona tada od njih izlazi i kao pre, uvek, gore, na kapiji, susreću se i da, kao i pre, on, iznenađen videvši da je ona, oslovljava je:

— A, ti si?

Samo, zanavek je bila nestala iz njenih očiju ona vesela, bezbrižna, jaka, silna radost, ne brinući se šta će biti, jer je bila uverena da će to on, Mladen, biti, i prsa joj, mada su bila bujnija, razvijenija nego pređe kao devojkom, ipak bila su kao omeknula i ugnula; gore, ključna kost jače se isprečila i na razvijenom joj, belom vratu jače, više se jabučica isticala, mada je bila u telu, stasu još bujnija, razvijenija i zanošljivija. Oči, lice bilo je nekako čudno, izraz bio je nekako umoran, koščat.

Ona nikad nije to mogla da podnese. Kad god bi došla, uvek bi zadrhtala. Ne od bola, ne od ljubavi, već od njega. Sve se bojala da možda on u potaji ne pati, ne tuži za njom, i da kad je još vidi, onda da mu nije još teže. Da mu nije teško viđenje, govor s njom. I zato gotovo uvek, kad god bi došlo vreme ručku, večeri, kad se znalo da će on doći, ona bi odlazila od njih. Odlazila, da opet, kad on ode od kuće, vrati se, sedi s njegovom materom, rade, razgovaraju. Kao i pre, devojkom, tako i sada ženom, gotovo je više bila kod njih nego kod svoje kuće.

V

Koliko puta ujutru, za vreme leta, sedne ispred dućana na ćepenak. Spusti cipele dole, prekrsti ispod sebe noge u čistim belim čarapama, i onda, propuštajući brojanice čeka da po običaju dođu kod njega komšije, trgovci, kao na razgovor, a upravo na dogovor o javnim stvarima. I onda, pijući kafu, razgovara s njima a u isto vreme pazi na radnike, sluge po dućanu. To je bilo kao neko primanje. Tada ujutru, čim bi izišao i seo na ćepenak i počeo da prebrojava brojanice, znalo se da tada može svako doći da ga pita, zamoli.

Koliko puta tada, sedeći tako, dogodi se da niko ne dođe. Jutro odskoči. Dan lep. Osvojilo jutro sveže, letnje. Oseća miris u vazduhu okolnih bašti, jorgovana, breze. Oseti kako mu srce počne da se greje, peva. On, smešeći se nekako bolno, sluša kako mu srce peva, greje i...

Uveče, kad pođu iz dućana kući, on ide prvi, u prvi sumrak, a za njim će posle već brat mu poći, pošto sve dućane, magaze dobro zatvori. Mladen, kao stariji, zaslužuje odmor, odlazi pre. Ali retko da dođe pre brata kući. Obično se, usput, zadržava kod ostalih dućana, trgovaca ili na razgovor, ili opet poslom. A najviše, ako ima koja opšta, mahalska, čaršijska stvar da se svrši. Da se sad, tako uveče, usput kući, s viđenijim, prvim ljudima koji su tu, u svojim trgovinama, porazgovara, pripita. Ako je kakav namet, porez, kuluk, pa ako ima da se otkaže, kako da se odgovori paši. Ako kakva stvar ima u medžlisu, s Turcima, da se rešava, kako će on da govori. A najviše radi škole, crkve. On je bio sve.

Ali, svakad, ne ide to tako lako, sigurno, pouzdano.

Koliko puta, uveče, kad se kao svakad iz čaršije vraća kući, njega kao da spopadne čudna bolest, slabost. Smrt da li je? Nije. U svojem suvom telu oseća on toliko snage, čvrstine, da o bolesti nema pomena.

Naročito ako je topla, letnja noć, teže mu je. Teže mu pada kada pođe kući kroz onaj mek, nežan mahalski sumrak. Ulica gotovo prazna, mirna. Kroz koju od kapija ako iz kuće prodire svetlost. Više ulica, iznad zidova, diže se i sklapa drveće, lišće. I ono gusto, zeleno šušti, nija se te ulicu čini još tamnijom, uvučenijom i još više punom vlage, zelenila. A u toj vlazi, zelenilu, zna se da se jače oseća sladost, milje srećna života. A on?

Još sa ulice, čim pođe, sagleda to, zna kako će mu biti. Zato, tobož kao da misli o trgovini, poslu, on podupirući, držeći se za bradu, pognuto ide. A oseća kako je bolan. Ide razbacano, mlitavo.

Sve što je trebalo da se učini, kome novac dâ pod zajam, čija kuća, vinograd, njiva kupi, to je sve vršeno preko babe. Naročito iz rodbine, komšiluka ili poznanika, kad bi kome trebalo novaca, nijedan nije se obraćao njemu lično, kao stid ih bilo, a i bojali se da ih ne odbije, već bi uvek prvo molili babu, s njom ugovarali o ceni, o interesu i kao uvek, iz straha da ne budu odbijeni, da ne bi morali od drugog nepoznatog da uzimaju novaca ili njemu prodaju imanja i tako se čula, videla njihova sirotinja, kako s godine u godinu po jedno parče zemlje prodaje se, gubi; a ovako, to se ne bi primetilo, i kad bi ko slučajno spazio Mladenove radnike na toj njivi, ovaj bi odgovarao: „Pa naš Mladen ove godine uzeo i raboti". Da ih ne bi odbio, uvek su dobrovoljno, samo kao da ga odobrovolje, da ga kao uvere kako oni, što od njega traže novaca, ne traže zato da njega ostave bez novaca, on da izgubi, zato su davali i veći interes, pristajali na gore uslove nego što bi kod drugih našli.

A sve je to baba gramzivo, tiho svršavala i samo bi Mladenu posle kazala da tome i tome treba toliko novaca da dâ ili mu pošlje. A Mladen je znao da je unapred sve ona svršila i o interesu, otplati, kupovini.

Obično je to bivalo uveče. Mladen, čim bi došao kući i video koga kako sedi tamo u kujni sa ženama, on bi već znao šta je. A naročito kad on gore, na čardaku, već i večera i, po običaju, baba mu donese i ono drugo staklo i ostane da sedi kod njega, čekajući da se donese kafa, da i ona s njim popije, pa kad bi Mladen video onoga kako dole, oko kujne, još sedi, on, znajući šta je, obraćao bi se babi pokazujući na onoga:

— Šta će taj?

— Pa... ti znaš. Ako možeš, podaj mu — odgovorila bi baba.

— Koliko?

— Toliko i toliko.

Mladen bi se zamislio, kao pribirajući u pameti kad će moći toliku sumu da odvoji i dâ. Posle bi odgovarao:

— Dobro, neka dođe u dućan, tad i tad.

Baba, odozgo, ne dižući se, okretala bi se, zvala sluškinju i glasno, da onaj čuje, zapovedala bi:

— Vaske, kaži Stamenku da mu je Mladen kazao da tad i tad dođe kod njega u dućan.

Onaj, i ne sačekav da mu sluškinja kaže, odmah bi se dizao, klanjao, nazivao laku noć i odlazio. U označeni dan on bi došao u dućan. Mladen bi uvek gledao da nije tu, već bi ostavljao momku novaca, da mu on, kad ovaj dođe, dâ.

. . . . ,

I kad je sve svršeno, uveče, došavši kući i zatekavši babu oko česme, pozdravi je:

— Nane, kaži: dragička!

— Dragička, Mladene! — čisto ravnodušno, jer već su joj počeli bivati obični ti svakidašnji napreci, kupovine.

— Znaš Aribegovu vodenicu, čivluk?

Ona se trže i čisto uplašeno upita:

— Znam, pa?

— Naš je!

Ona posrnu. Papuča joj odlete s nogu. Čisto padajući nasloni se na nj, i, prvi put, uze ga za ruku i poče je ljubiti.

On, potresen, da je osvesti, poče joj pričati kako je bilo: kako je stari Aribeg, koji je odavno otišao u Carigrad da tamo, gde se i rodio, umre, ostaviv imanje i taj najveći i najlepši čivluk naslednicima; kako oni, to se već odavno znalo, to prezadužili, i, kada on to čuo, došao i njega pozvao. Čuo kako se on vlada, kako dobro stoji. I valjda sećajući se pokojnog dede, svoga druga, pozvao Mladena i upitao ga da li hoće čirakom da ga učini. Mladen se odupirao, bojao se velike cene, govorio kako nema sad odmah gotova novca, ali, kad je stari Aribeg tako nisku cenu dao — samo u inat naslednicima — da je Mladen znao da bi svi potrčali da kupe, i bojeći se da to ko drugi ne dozna, brzo otišao i tobož — tako je kazao begu — po čaršiji da pozajmi, vratio se, dao begu novac, sve, sve ga isplatio, ali, dok nije dobio i tapiju, nije hteo da govori, sve se bojao da se ne pokvari. Ali sada — svršeno je. Ona, baba, sutra može da ide, zasedne tamo, razgleda, pregleda, zapoveda kao u svojoj kući.

Baba, osećajući kako joj tesna postaju vrata, ulazi, sobe, od zadovoljstva, sreće, jednako...

———

Jednog jutra, u ponedeonik, baš je bio u najvećem poslu, jer posle subote i posle pazara espap, koji bi se tada rasprodao, u ponedeonik ponovo bi se navukao i beležio u tefter. Mlađi brat, uređujući u magazi ponovo kupljen espap, glasno je otuda dovikivao i govorio koliko je od čega dovučeno, a on bi to ovamo pažljivo, pomno beležio.

Uto dođe 'ča Marko. Video ga je kroz izlog. Ali ne vide da se, kao uvek, zaustavio ispred dućana da po običaju usedne na ćepenak i sunča se, već vide kako ovamo, ka njima, u dućan, poštapajući se i nekako plašljivo ulazi. Čisto klizi niz pragove. Stade preda nj i uplašeno poče da stoji. Mladen beležeći upita ga:

— Šta je, 'ča Marko?

On, još uplašenije, poče:

— Ništa, sinko. Nego došla...

Mladen zastade i diže glavu. 'Ča Marko još uplašenije nastavi:

— Došla, sinko! I eno: sedi. Pobegla i došla, pa samo ćuti i sedi.

— Koja pobegla? Koja došla? — poče Mladen, a već je znao koja je to, da je to ona, Jovanka. Luda, kao što je bog dao, pa eto dunula i ostavila svekra, muža i došla ocu. Samo još to je trebalo!

— Ona, sinko! Došla i veli: „Živa natrag neću, pa bijte, secite! To je. Živa ja tamo više neću!"

U prvi mah, od jeda, ljutnje, umalo što se Mladen ne zaboravi, što ne prelomi pero, ne baci tefter i ne skoči da pravo tamo, kod nje, ode, da je zauvek, zasvagda, izgrdi, pa čak i izbije, na mrtvo ime izbije. Dokle će ona njega tako, i dokle će on sa njom da ima posla! Ali, ipak, trže se. Produžio je dalje, poslavši 'ča Marka da ide kući i umirivši ga da će on danas doći i svršiti sa njom.

'Ča Marko ode. Ali ne umiren. Mladen ga vide kako ne ide naviše, pravo kući, već ode naniže, čisto kao bežeći od kuće, jednako preplašen i unezveren kako će se sad sve čuti, pući glas o bekstvu njenom.

Mladen nastavi beleženje. Po stisnutim ustima i ukočenim mu obrvama i uprtim očima u tefter, mlađi brat je video da je ljut. Uplašen, gledajući da ne pogreši, slučajno u zabrojavanju espapa ne kaže mu što pogrešno, užurbano je radio.

Na ručak idući kući, Mladen odozgo primeti svekra joj. Po hodu mu i po čestom, dubokom, čak do prstiju ubrzanom ispijanju cigare, video je da za sve zna. I kao stideći se, kao da je on svemu tome kriv, čineći se da ne vidi Mladena, ubrza i pre njega savi u ulicu i izgubi se u kapiju.

Na samoj kapiji njihovoj Mladen, kao uvek, zateče muža joj. Sedi prekrštenih ruku, skupljenih kolena, naguntan mintanima, klonuo, slab, ispijen. Videći Mladena diže se da ga stojećki pozdravi. Mladen ga oslovi:

— Šta radiš, Stojane?

— Eto, batke, stojim — odgovori mu on svelo, umorno.

Kući kad dođe, vide da već svi znaju. I mati, i baba. I, što ga najviše naljuti, ispuni gnevom, srdžbom, to je što po njima oseti ne samo da ih to nije žalostilo, bilo im neugodno, nego čak kao da ih je to radovalo. Radovalo što su znale da je ona zbog njega, Mladena, pobegla, što se sada nadala da će na njemu, Mladenu, kad to vidi, dozna, ona po njegovom izrazu, licu videti razdraganost, ljubav, da je sav srećan u dnu srca što vidi kako ga ona još voli, eto, napustila muža... I to Mladena najviše zgranu, to što je video da čak njima, ni babi, ni materi, sada, kada bi — ne daj bože! — ona ostala kod oca, pa sa Mladenom počela da živi, ne bi to bilo krivo. Glavno je da ona nije njegova žena, a kao druga, ovakva, raspuštenica, mogla je da podnese.

Zato, kao da ga ne bi vređale, za ručkom nije se o tome ništa govorilo. Mladen je čak morao sam o tome da počne:

— Šta je ona luda učinila?

Baba, pritvorno, čineći se ožalošćena, odgovori:

— Ne znam, sinko. Vidim došla i sedi kod kuće. Mati još ništa ne govori a 'ča Marko samo beži, hukće. Šta ćeš, sudbina takva!

Mladen, ljut na to babino pritvorstvo, na tu njenu skrivenu radost, radovanje što, eto, i za njega, Mladena sada... I da bi sve to presekao, diže se sa ručka.

— Besna je ona. Kamdžija njoj treba!

I jedino misao da to spreči, da se ne čuje, ne pomisli da je zbog njega to učinila, samo to mu je bilo pred očima. Uđe na kapiju njihovu. Ljutitim korakom pojavi se u dvorištu. Ona je sedela na kamenu u sredini. Prekrštenih ruku, povezana dugom šamijom, u prostom mintanu, prostim šalvarama. Mati joj je tamo, oko zida i bunara, radila. 'Ča Marko sedeo u ćošku. Iz kuće, iz same kujne bila hladnoća. Videlo se da se ne loži, ništa ne greje, ništa ne sprema.

— Šta je?

Bolno, radosno ga pogleda, usta joj zaigraše.

Ali, kad ga vide takvog, ljuto namrštenog lica i kao kamen hladnog, njoj samo u grlu puknu nešto:

— Ništa!

A jednako se smeši na nj.

— Kako ništa?

Majka joj, od besa, bola, poče brzo da sa jednog kraja na drugi ide, baca drva, namešta i viče da Mladen čuje:

— I neka ostane! Nemam ih više. Jedno imam. I što da se i ono muči, pati? Kada nije za ženidbu, što se ženio? Ne dam.

’Ča Marko, unezveren, preplašen a čujući otuda Jovankino grcanje, plač, kao nastavi:

— Bog, mori! Bog Gospod! Bog! I ako je Bog! Bog naredi da se pati, muči.

. . . .

[Mladen je uspeo da natera Jovanku da se vrati mužu.]

Ponekad se ustumara. Gore, u sobi, gori mu sveća i leže otvoreni tefteri, spiskovi veresije, primanja, dugovanja, a on dole, u bašti, šeta, puši. Oseća težinu, zagušinu zemlje, bašte, zidova oko sebe. Oseća kako ga cela kuća guši, zatvara i kao prikleštena, vezana drži i pritiska. Zna da bi mu laknulo kad bi izišao, prošetao se ulicom, čaršijom. Čuo žubor vode što teče olukom čaršije. Video polje, noć na njemu, rubove planina što se spojili sa nebom i iza kojih je uvek svetlo, jasno...

Ali zna da sada niko u kući ne spava. Da su se zbog njega probudili i sede u posteljama, ne smejući od njega da se pokažu da su se zbog njega probudili, već sada, cepteći od straha da mu nije štogod pozlilo, rđavo, i zato šeta, sede krišom gledajući otud iz svojih soba ovamo u njega, prate mu brižljivo svaki njegov korak...

I kao uvek, Mladen je znao, samo ako još duže ostane, pošeta baštom, nadiše se svežeg noćnog zelenila pomešanog sa vlagom bunarskom i polivene bašte oko njega od današnjeg mnogog vađenja i rasipanja vode, da će baba, tobož poslom, kao da je zaboravila da štogod zatvori ili čula kakvu lupu, pa zato se digla da vidi, sa nabačenom kolijom na glavu, na brzu ruku opasana boščom da bi sakrila košulju, koja bi joj se ipak dole, oko članaka, videla i zbog crnine kolije jače odudarala, i onda bi brižno, zaplašeno prolazila pored njega, činila se da ne zna da je on tu, u bašti, pa kad bi ga videla, ona bi se trzala, začuđivala...

. . . .

[Posle Mladenova nastojanja da Jovanku vrati mužu, a ne da je kao raspuštenicu zadrži u svojoj blizini.]

Mladen oseti kako bi baba čak više volela da on to učini, da padne. Kao egoizam s njene strane, da posle i on, kao otac mu za piće, i on od nje ne može da se otrgne, te bi i njega zbog te mane imala u svojim rukama... I on bi neugodno dirnut ne zbog toga što nije htela da je on stariji, gospodar, već uopšte što nije hteo ni pred kim i ni za šta da crveni, kriv da je, obavezan. Teško mu je bilo.

Kad ču da je baba već sve pregledala, vratila se, legla i već morala da zaspi, on se diže. Dakle, svi oni kao povlače se, ograđuju se, ne smeju na sebe ništa da prime, da on ne bi posle, ako mu bude rđavo, možda bude teško, oseti se nesrećan, da ne bi imao koga za to da krivi, i time manje bude osećao nesreću. Već da mu je potpuna, cela, jer: sam što je hteo, kako je hteo, tako i uradio... Svi se, dakle, osećaju kao slabi, boje se, povlače. On sam treba jak da je.

I ta mu je noć bila najteža. Kad prvi put saznade da mu, ako hoće da je kao što treba a ne oslanja se ni na koga, ne obavezuje nikom, da bi to svoje, sebe, mogao da nosi, treba mnogo snage, bola, i da je jak, jak... Jak nad sobom. Sebe da ima u rukama. Da je jak, kad štogod zaželi, zaište, srce zažudi za nečim, da srce stegne, ne da mu. Da kad mu navre bol, tuga, čežnja, suza, da je jak da spreči, unutra, u sebi zadrži, zakonča. Da je jak.

I oseti da je jak. Izdiže se. Stojeći u sobi, gledajući pred sobom dvorište, baštu, onako visok, suv, oseti kako zaista postaje suvlji, viši, ali i kamenitiji.

VI

Majka mu, kao uvek, uplašena njime, unapred, čisto neprijateljski, zaklanjajući mlađeg sina, znala je da Mladen neće... [pristati na njegovu ženidbu]. Instinktivno je osećala da će, kao što je sebe žrtvovao, osudio, to isto ne tražiti, već zapovedati, i od mlađeg brata. Ili, ako to baš neće, a ono još manje da će pristati na Jovankinu zaovu, Jelenu. Ne što nije za njegova brata, već što je njena zaova. A majka, kad je već on bio samoglav, tvrd, i ne uzeo nju koju je voleo, neće moći više gledati da i drugi joj sin, mlađi brat mu, kao on, bude tužan, nesrećan, da uzme neku koja mu nije u volji.

I majka, ne kazujući nikome, dozva nju, Jovanku i, čisto pred njom optužujući ga i izdajući, tužeći se na nj, plačući, reče joj da ona sama, nasamo, u četiri oka, kaže mu, traži, da dopusti, upravo on i isprosi njenu zaovu za svoga brata.

I Mladen je to znao. Zato ga nije ni iznenadilo kad jednog praznika dođe ona, posede i, kad baba beše izišla poslom, majka se navlaš zadržala u kujni kuvajući joj kafu, ona, iznenada, čisto unoseći se u nj, što je Mladena od tog njenog otvorenog, jasnog pogleda, čisto preseklo, rekla mu:

— Brat-Mladene, ne staj na put!

A već se po njenom glasu, licu, videlo da se setila svega... [njihovog].

On se činio nevešt. Uneseno, mirno, zavijeno, odgovori joj:

— Snaške, kome ja na put stajem?

Ona, nadajući se toj njegovoj mirnoći, kao da se nije dala da zbuni, već nastavila, čisto oporo:

— Nemoj tako! S nama što je bilo, bilo. Ja opet, hvala bogu! Ali ti... Vidiš sebe... Naše već je bilo. Nego nemoj na ovu decu... Ne staj im na put sreći!...

To je mogla. Više nije mogla da mu kaže. Grlo, usne bile su joj suve, stisnute kao od već navrelih suza.

On, znajući sve to, [hoće] ...da izbegne dalje pričanje i traženje, da plačući ište od njega da on za brata uzme njenu zaovu. I to zato što je uverena, sigurna, zato što su joj se deca ispovedila kako se vole. Sve to da bi izbegao, a naročito njeno... [gledanje] i ono sad mirno, s bledim licem, ali još onako starim, izrazitim crnim već malaksalim očima, diže se. Polazeći kao da će u dućan i uzimajući brojanice, navlačeći kondure, reče joj:

— Kaži svekru, mužu, u nedelju dolazim da je pijem.

I brzo, odmah iziđe, da mu se ne bi zahvaljivala. I, kao uvek, visoko, polagano, mirno uputi se ulicom, čaršijom, dućanu, a zna sad, kad je izišao, zna šta će biti. Majka, sa strahom čekajući taj njihov razgovor, sad, posle njega, ulazi u sobu kod nje preplašena pa, kad vidi nju gde se, usled njegova povoljna odgovora i iznenadna odlaska mu, ona kao skamenila a samo joj oči radosne, podbradak joj se smeje, majka tad pita je:

— Šta je, prijo?

— U nedelju pijenje — odgovara joj, a ova ne može da se uzdrži od bola, radosti, izlete iz sobe. Zove babu. Baba, kao uvek, mirna, stroga, ulazi.

— E srećno, prijo!... — veli joj i ljube se. Majka ne može... [da se uzdrži]. Kao da je sve svršeno, kao što je zaista i bilo sve odavno, u potaji svršeno, poznato, samo se eto njegov pristanak, volja čekala, odmah se razleteše po kućama. Čas idu kod nje, čas se ovamo vraćaju. Jedino baba ostaje mirna, pribrana, čineći se svemu nevešta i puštajući da joj snaha, mati, pliva u sreći, zadovoljstvu, da one dve, kao neke druge, sestre, ne prestaju da odlaze, dolaze, dogovaraju se, spremaju.

Mada nije bila veridba javno objavljena, ipak njih dve krišom već sve žene iz komšiluka... [počele] da časte, dočekuju u čast te ženidbe. A naročito njih dve da se, kao podetinjale, šale sa mladom i mladoženjom.

Jovanka, kao da se ona udaje, ali nekako čudno, kao presečena u polovini, sa malo nabreklim prsima i vrelim licem, uvek kad dođe kod njih pa vidi i njega, brata Mladenova, budućeg zeta, počne njoj da se tuži:

— More, prijo, kaži onom tvome neka manje prolazi pored kapije, neka manje ovamo gleda. Ova moja ništa ne može. Vidi ga pa odmah glavu izgubi. Ide, radi, a ništa ne vidi. Toliki darovi, vezovi, stoje, a ona samo se smeje, trči i peva kao luda.

Tako i ona. Sina, ako zatekne njih dve, još sa kapije, srećna, podetinjala, počne da dira:

— A bre, mladoženjo, pa kamo materi što da pošlješ? A kamo i snaški? Eto, prija mi priča: hoće da umre od gladi. Ništa joj ne šilješ, ništa ne daješ...

I krišom, tobož mladoženja da šilje, mladi za sve to vreme jednako se slali bureci, alva i šećer. Uveče, od večere, od svakog malo boljeg jela, odvajala je u sahane, i ispod bošče krijući, sama nosila kod prije, da joj snaja ima što da jede, okusi. Kao što je, opet, bilo i obratno.

Na sve to baba jednako se držala odvojeno, povučeno. Sve je to pripisivala i smejala se njihovim ludostima. Koliko puta snaha joj, mati, buduća svekrva, od radosti zaboravi se toliko da tamo kod njih, kod snahe, gotovo ceo dan ostane. A sve nadgledajući i učeći je kako će kome od rodbine i kakav dar da spremi i dariva ih prilikom proševine, ispita. Ovamo na kuću, kujnu, i još više na večeru, gotovo zaboravi. I onda sama baba, samo da Mladen ne bi to video, ne ostao bez večere, ona pristavi i nadgleda kuvanje, dok ova, pozno u noć, kad već mora da dolazi i setivši se šta je učinila, kao neki krivac, sva zaduvana, preplašena na grdnje od babe, a naročito od straha da Mladen nije dolazio, ne video je kod kuće, jer posle na oči ne bi smela da mu iziđe, krišom, i videvši u kujni babu kako ona mesto nje gotovi, skamenjena, ne smejući da uđe, stane na prag. Baba bi je dočekivala:

— Luda li si, sinko?

Ona, iznenađena tom njenom dobrotom, čisto poleti i pada joj u krilo, briznuv u plač.

— Nane, mori, slatka! Što ću, nane? Sve moje drugačke eto već unuke imaju. A ja šta ću? Kad ne od prvoga sina, a ono od ovoga da vidim snahu, odmenu.

Baba, zadržavajući je u krilu i pazeći da ovamo lonac, jelo, ne obori, blago tešila bi je:

— Ako, ako. Nama (i sebe i Mladena je tu podrazumevala) nije krivo. Nego samo, nemoj toliko. I druge majke žene, i druge matere dobivaju snahu...

Ona, srećna što je svekrva ne grdi, ne psuje, čak eto i mazi je, sve grca, plače od sreće, radosti. Zatim diže se i, kao luda, da nadoknadi sve što je do tada izgubila, radi, rasprema, ne da babi ništa da podigne, ništa takne, ništa joj pomogne.

— Ja ću, ja, nane. Nemoj ti!

Baba, smejući joj se, dirala bi je:

— Pa hoćeš li tako i snaha kad ti dođe? Hoćeš tako i snahu da dvoriš, služiš?

— Hoću, hoću. Sve ću ja da ih služim, da dvorim. Hoću, nane. Oh, kamo da mi se on ženi, od njega snahu da imam, od njega, mesto od ovoga, pa majka, gde stupnu, nogu da im celivam. Oh, slatko moje čedo, kamo od njega majka snahu da dobije!

I rastužujući se za njim, Mladenom, što mesto mlađeg brata on se ne ženi, od njega snahu da dobije, kao oplakujući ga, počela bi da jeca, plače.

Baba, dirnuta i sama za Mladenom što tako, mesto da se on ženi, a ono ženi brata, ostavljala bi je i odlazila gore u odaje.

I u nedelju, uveče, posle večere, on sa još tri najviđenija trgovca dođe. Pili su i prosili njenu zaovu za njegovog brata. Njen svekar, izvan sebe od radosti što mu kći u takvu kuću odlazi, što mu kao on i ona tri trgovca došli, učinili čast, da njega, Mladena, nije bilo onako mirnog, ozbiljnog, ko zna od veselja šta bi učinio. Ali, usled njega, sve je, i pijenje, prstenovanje, sedenje, sviranje svirača, ispijanje zdravica, ljubljenje s novim prijateljima, sve je bilo kao što treba. I, kad je trebalo, on se digao, sa njima, novim prijateljima, sviračima, došao kući. Tu ih, po njegovoj naredbi, dočekala sofra, sve što treba. Bilo je opet zdravica, pesme, svirke, darivanje, ljubljenje. A najviše u kujni, krijući se, grlile su se i ljubile majka mu i ona. Ona, što je udajom zaove postajala kao svekrva, dobivala prava, bez bojazni za ljubomoru muža, da ovamo, kod njega, prije, dolazi, a majka, što bar mlađi joj sin, dete, usrećava se, te ona, kad od njega, Mladena, starijeg sina ne dočeka snahu, bar ono od mlađeg...

Mladen je sve video, osećao, znao.

Kao niko do tada, više nego otac, tako je on proševinu, svadbu svome bratu učinio. Darovi bili su prvi. Nevesti čitava niza od dubli. A već spremanje jela, pića, večera. I, kad uveče, u subotu, uoči svadbe, pošto dočeka sve pozvane, prve domaćine iz mahale, varoši, pošto ih, izljubivši se s njima, uvede, posadi za bogatu sofru, naredi dvojim sviračima, aščikama, slugama da ništa ne žale, već samo što više i kao što treba goste ugoste, kad on, mesto oca im, svekra, pored babe, u čelo, s desne strane, sede, i kad najstariji, hadži Rista, diže se i nazdravi njemu, domaćinu, svome komšiji, gazda-Mladenu... on, prvi put tada, pusti suzu... Umalo što se ne zaplaka...

. . . .

[Na svadbi peva se:]

... prvo milovanje,
Milovanje, slatko uzdisanje.
Ej, ne uzdiši, ne veži sevdaha,
Ej, od sevdaha goreg jada nema!

Mladen se diže. Sa stisnutim ustima, ukočenim, namrgođenim očima, miran, pribran, poče da se prašta.

Kum, radostan, sav u veselju, čisto plačno molio ga je:

— Sedi, kume, sedi... samo još malo! Sedi, molim ti se.

I njemu, njegovim molbama, pridružiše se svi. I njena stara, gotovo slepa mati. Sve žene skočiše. Mladen je osećao kako su svi pogledi na njega uprti. Radoznali, željni, molećivi da ostane, ne prekida, ne narušava...

. . . .

[Ipak iziđe. Čuje izdaleka pesmu:]

Zar ti ne znaš šta je milovanje,
Milovanje, slatko uzdisanje?

— Uzdisanje znam, ali ne milovanje. I nikad ga neću da znam, da osetim, nikad. Star sam...

I zaista, tada se oseti toliko star, suv, bolan, ispečen od bola, da nehotice grčevito podiže ruku, uhvati se njome za usta, vilice, kao da spreči da mu to ne drhti, trese se. I tako, držeći se za bradu, ispunjen tugom, setom, produži da se od kuće do suprotnog zida šeta, ide, da sluša kako iz suprotne... [nove] kuće, preko ulice, razleže se pesma, veselje, burni klici i čak puške. Jer sada njega nema. Nema od koga da se stide, ustručavaju. Mogu sada bez njega da se vesele do mile volje, veselo, srećno...

. . . .

[Jedina Mladenova pesma:]

San me mori, san me lomi.
Zaspati ne mogu...

Dalje, mada je znao celu pesmu, nije je svršavao. To mu se samo dopalo. U tom početku, naročito u: „san me mori, san me lomi”, on je nalazio pesmu, nalazio sebe, svoju nesanicu, svoj bol. I za to se znalo. Znalo se da, ako dođe na slavu, svadbu i, ako se hoće da on i dalje ostane, da se, ne on koliko njegovi, provedu, vesele, jer kad bi on išao, morali bi i oni, te da bi se zadržao, raspoložio, ostao duže nego što mu je običaj, trebalo je samo neko, naročito koji njegov drug, stariji, u godinama, to samo da zapeva, i Mladen bi zaista bio nekako raspoloženiji...

———

Jednog jutra baba Stana se diže. Tih dana bila se pročula neka gledarica iz obližnjeg sela Suderca. Pričala se o njoj čitava čuda. Kako sve zna. Sve pogađa. Ne treba ništa da joj se odnese od osobe kojoj hoće da se gleda, do samo kakav konac, kraj od njegove odeće. I gleda u kamenove koje pušta u vodu.

Baba Stana ode. Ode na kolima. Obučena u stajaće odelo, zabrađena, sa svećama, bosiljkom. Ode kazujući da će u crkvu toga sela. Selo je blizu. Odmah iza doline.

Kad je muž gledaričin vide, pozna, on od iznenađenja, radosti, pobeže. Posla svoga brata iz obližnje avlije, s kojim se odskora odelio, otkad mu žena postala gledarica i počela naglo da se bogati — da joj on otvori, i uvede kola. Baba Stana siđe i priđe kući. Za njom je nosio sluga boščicu.

Pred nju iziđe čak i sama gledarica. Omanja, suva, u suroj, prostoj odeći seljanke. Samo, od seljanke razlikovala se po novoj šamiji i po novoj, celoj anteriji. Presukana, ponizno dočeka baba-Stanu. Pozdravi se. Baba-Stanu nije iznenađivalo što je ona poznaje, to se već zna.

Još otkopčavajući koliju, kao da se rashladi... [ona reče zašto je došla]...

— Zašto ne firaje?

— Ne firaje, od pameti.

Razumela je, ali se činila nevešta i već ljuta.

— Kako: od pameti?

— Od velike pameti.

— Pa zar samo ludi su zdravi?

— Ne znam. Samo i ti znaš: ona voćka što rano sazre, rano opada.

— Eh — i dalje uporno, ljutito, nastavlja — pa ja, što ovoliko živim, sigurno luda, pusta sam bila?!

Gledarica je jednako, mučaljivo nagnuta nad zdelom vode u kojoj se crnio taj obajani kamen, odgovarala:

— Ne znam.

— Nego... Istina je. Rano je — i kao ne mogući da izdrži, poče čisto kao sama sebi da se tuži: — Istina je. Zar mi je znao za detinjstvo, mladost, igru, veselje? Ništa mu ne dadoh. A ono, čedo moje, da ja ne bih bila kriva, vidi da ja ne dam, pa i samo neće, samo mi se je odricalo, mučilo, patilo!

I diže se. Pošto bogato obdarila gledaricu, vratila se natrag. Nikom o tome nije kazivala. Niko nije smeo da o tome zna da je ona bila kod gledarice i ona joj vračala...

Ali od tada ona, ljuta na nj što on to ne vidi (vidi ona da on vidi, zna što ona hoće s tim dovođenjem u službu mladih žena i devojaka) — već što neće kao da i on greši s njom u tome. Ona je znala da je to greh, ali... [ljutila se] zato što on nikako to neće, neće da joj pomogne, da budu zajedno grešni, smrtni ljudi, već uvek on iznad sviju, kao što treba, kao neki isposnik, mučenik. Zato baba Stana, ljuta, čisto manu sve. Od tada sve manu, i onu brigu i ono staranje, i ono njeno toliko puta već u svašta zagledanje. Sve ona to manu. Čak i ključeve od podruma, magaze, sobe stajaće, i to manu. Istina, ne sasvim, ali već nije ih onako vukla za sobom, čuvala. Sad se znalo gde su, u sobi, više njene postelje, obešeni o klin. I kad bi joj ko, bilo unuk, bilo snaja, kao pre došao i tražio da mu iz ćilera ili podruma što da, što treba za taj dan, za jelo, piće, ona bi često ljutito odgovarala:

— Znaš gde su, idi pa uzmi!

. . . .

[Baba se razbolela, snaha i nevesta je neguju.]

— Deco moja slatka!

I upućivala je kod Mladena, da i ona ide, ljubi ga, blagodari, zahvali:

— Idi kod deše, i nogu, stopku gde stupne, da mu ljubiš, celivaš!

Gornji boj cele noći bio je osvetljen, otvoren. Cele noći baba bila kao u bunilu. Od sreće, zaneta, jednako govorila:

— Sada mogu da idem. Mogu, treba da idem.

Na uplašeno Mladenovo i materino trčkaranje oko nje i zapitkivanje, jednako je kao sebi govorila, odgovarala:

— Mogu sada, mogu da idem!

Kao, sada, svršeno je njeno. Nema potrebe da tu sedi, čuva, pazi kuću, strepi i ne dâ da se propadne, osiromaši.

Sutra, zaista na iznenađenje Mladenovo, došla u dućan. Ali sva preobražena. Lica mekša. Očiju sasvim mirnih i tako milih, gotovo belih, uvelih, ostarelih.

I obučena u novo, ne više zavrnutih rukava. Odazvala ga na stranu i vadeći iz pazuha zavežljaj, koji je mirisao na zemlju, na voštano platno, predala mu sav taj novac o kome se pričalo da ona u tajnosti drži, čuva. Na zaprepašćenje Mladenovo i odbijanje da uzme natrag, čuva za sebe, njemu to ne treba, a ako zatreba, sam će on zatražiti, ona samo odgovori:

— Na, sinko. Nemam ja više šta da čuvam. Nemam ja više šta da se brinem. Nemam ja ništa više. Ti imaš sve. Sve je tvoje. Ja ništa više!

I kao dužnik koji celog veka neki dug nosi, celog života živi i trudi se da to jednom skine, a dug veliki, teški, pa kad to dočeka, odnese poveriocu, koji je već i sam digao bio ruke od toga duga, već izgubio veru da će ikad moći taj dužnik to platiti — on, kada to odnese, plati, sam poručuje čast jer zna da će poverilac ne samo to rado platiti već još i više, jer to kao da mu je poklonjeno... Tako i ona, čim predade novac, odmah, a prvi put u životu, u tom dućanu koji je već u mislima svega znala, u snu celog života snevala, svaku stvarčicu tu znala, ali tada, kao neki gost koji prvi put dolazi, sama pozva slugu i posla ga da ide i poruči za nju iz kafane rakiju i kafu, što, na veliko iznenađenje Mladenovo, u slast sve popi i posrka.

Onda se diže i ode. Ali, Mladen, smejući joj se, gledao je kako ide. Sve više užurbano, pognute glave. Polako. Obučena u novo kao da je iz crkve došla, i reda, zastajkuje ispred svakog dućana. Razgovara se. Milo joj kako je svaki pita, s poštovanjem ustaje i dočekuje. Tako, polako, svečano, kao da u goste ide, otišla je kući.

I što je najvažnije, od tada nije više ona baba Stana! Diže ruke od svega: od kuće, momaka, jela, gotovljenja, podruma, od svega. Mogli su da rade šta hoće, da gotove ako hoće svakog dana najskuplja jela, troše mnogo, koliko hoće masla, brašna... Ona kao da više nije bila tu. Jednom dočekavši taj dan, tu sreću, videvši koliko je imanja, bogatstva, koliko Mladen ne napreduje već se steklo, nagomilalo, da se sada ne može ništa više da poremeti u kući, štednja ili raskoš u njoj ne može ni da pomogne ni da upropasti radnju, trgovinu, da kuća sada može raskošno, slobodno da živi, kreće se kao što je red, običaj, i kako je ona celog života želela — diže ruke od svega, nije se mešala ni u šta, nije ništa gledala, motrila. Slobodna, odahnuvši, obučena u novo odelo, navek u čohanoj koliji, i povezana oko vrata belom novom maramicom, sedela je celog dana ispred kuće. I to nekako srećno, uneseno, i zamišljeno, sasvim odvojeno. Čisto kao neki gost. Ako bi, kao pre, došla koja komšika da što ište pa, po običaju, njoj se obraćala, ona je otpravljala kod snahe, sluškinja, sluga, tamo u kući, koji su radili po njoj:

— Idi tamo!

I za sve tamo ih je otpraćivala, odbijala od sebe, ne primala ništa na sebe. Nikakvu brigu, posao. Još manje da, kao pre, ide po kujni, podrumu, nadgleda kace masla, sira, brašna, da, kao pre, čim vidi da se u jelu potroši više masla, mesa, ona, ne hukće, nego snužděno, zabrinuto ide i na podrumu što jače, pažljivije zatvara katanac. Ključevi, ne samo od podruma već i iz sopčeta, sa onih kovčega, sve je bilo ostavljeno snahi na vidik, slobodnu upotrebu. Nisu je se više ticale uveče ni sedeljke, gozbe, večere, dolazak rodbine, sedenje, veselja. Ona je, kao gost, u čelu sedela i čekala da, što se iznese, jede, pije.

Jedino što je bila kao neka pažnja, čemu se sva predala i pomno pratila, gledala, brinula se, to je bio — on, Mladen. Njega je od sada ona samo gledala, o njemu mislila. Sva joj je od sada briga bila da uveče, pre no što on dođe, ona gore, gornji boj, naročito njegovu sobu, njegovu postelju, pregleda, vidi da li je sluškinja sve kako treba namestila, udesila. Da uveče, sedeći ispred kapije i gledajući kako mrak pada, po ulici se sve rede čuju koraci, iz čaršije dopire sve češće i ubrzanije spuštanje ćepenaka, ona, usred larme što je po kući, kujni, dvorištu od trčanja da se zaostali posao na vreme svrši, od svetlosti i puckaranja vatre što dopire iz kujne, na mahove, brižno, kao žureći ih, govori:

— Hajde! Sada će doći!

A to je i opomena da sve: večera, postelje, sveće, sve bude spremno da, umoran došav iz čaršije, Mladen, ništa ne čeka, ništa ga ne naljuti.

I, uvek, čekala bi ga da, čim se on pojavi na kapiji, uđe, ona mu se diže i stojeći ga ona prva dočekuje i nekako pognuto, ponizno, što je Mladenu navek bilo neprijatno. I da bi to ugušio, tu njenu poniznost izravnao, uvek, dolazeći, s njom se zdravio:

— Kako si mi, nane?

Ona, od poniznosti nije ni odgovarala. Užurbano vikala bi u kujnu:

— Sveće!

Da iziđu sa svećom, osvetle mu put. Čak ona sama bi uzimala sveću i svetleći mu, iza njega, išla bi, pratila ga gore, na gornji boj, kuda bi on, izišav iz kujne u koju bi ušao tek običaja radi, tobože mater i brata da vidi, da pregleda da li je sve u redu — pravo se onda peo na stepenice i išao gore. Baba bi mu svetlila. Gledala ga kako, obasjan svećom, visok, utegnut, čisto miriše na suvotu i čistinu, penje se. Njegove široke čohane čakšire otmeno mu padaju u bore, lakovane plitke cipele nežno se crne prema sveći i odudaraju od belih čarapa.

Gore, sluškinja bi za to vreme, ako već nije pre upalila sveće i osvetlila, dok bi se oni peli, mimo njih otrčala i osvetlivši dočekala ih. Mladen bi se razuzurivao. Sedao, i nudio i babu:

— Sedi, nane!

Ali ona, pregledavši po sobi, postelju, zavese, da li je sve u redu, odbijala bi:

— Neka, sinko! Sešću ja.

I slazila bi dole. Ne da pomogne, već koliko puta da unese zabunu, pometnju.

I onda ona sasvim klonu, pade. I poče da beži, sklanja se. Diže ruke od svega. I kao u inat, uvređena, poče sve češće da ide od kuće, da ostaje kod rodbine po dva i tri dana. Pa kad dođe, ona dolazi nekako kao krijući se, da se ne primeti, kao da nije na dosadi, na smetnji.

Majka Mladenova čisto se uplaši od nje. Nije ona, ne dao bog. Ako je ma za šta pita, ona odgovara nekako umiljato, bolno:

— Ako, Setke, ako...

I čak nije htela više za sofru da seda. Navlaš je izbegavala, a naročito kad bi Mladen bio. Postave. Čekaju. Naročito Mladen stoji, neće ni da sedne za sofru a kamoli da jede. Zovu je:

— Hajde, nane, hajde da ručamo.

— Ne mogu, maločas nešto okusih, pa sam se zasitila.

— Ama, hajde zaboga, sedni makar.

Ona jednako tamo, tobož nešto radeći, ostaje, ne dolazi. Čini se da ne čuje, ne vidi njino stajanje, čekanje na nju.

— Hajde, nane! — počinju ponovo.

— Ama, ne mogu, deco...

Mladen iziđe. Dolazi do nje. Vidi je kako se sagnuta, u koliji, sva već ostarela, zgrčena, izgubila u onom količetu i jedva joj se vidi sitno, staro lice. Staje više... [nje] i nadnosi joj se. Moli, a u glasu mu se oseća jed, bol, prekor što je takva.

— Hajde, nane, zašto...

Ona, već ne mogući, odgovara:

— Bolna sam, sinko.

I to više počne da se skuplja, usamljuje, da im nije na smetnji.

Mladen je ostavlja.

I tako, jednog dana i umre. Sama, kao uvređena i krijući se.

To je bilo jedne noći, pred zimu. Mladen je osećao celu noć kao neku žurbu, lupanje po njenoj sobi, često odlaženje slugu po komšiluku i dolaženje iz komšiluka. Kad mu je teča došao gore, da ga probudi i da mu javi, on ga je već bio našao spremna, obučena i gorela mu je sveća u sobi.

Čim mu je teča ušao i on video ono njegovo belo, žensko, rasplakano, ali zbog njega uozbiljeno lice, Mladen samo reče:

— Umre!

I siđe s njim.

Video ju je obučenu, ispruženu, osvetljenu, povezane glave, povezanih vilica. Od odela jedva se videla, i jedva joj se videlo sitno uzano lice i onaj mirni, a opet i dalje onaj usamljeni joj, kao uvređeni da im nije na smetnji, izraz.

Ujutru, kad se iskupi cela rodbina, sav komšiluk, Mladen je samo izišao u čaršiju i, u znak smrti, kad su se svi dućani otvorili, on, ne sluge, već sam spustio ćepenke, metnuo na dućan katanac i opet se vratio.

Sahranio je onako kako je njoj dolikovalo, bilo potrebno i kako je ona zasluživala i trebalo da bude sahranjena od njega, svoga unuka, tada već gazda-Mladena, i od svih njih koje je toliko godina ona čuvala, držala, ne davala da pogreše, izgube se, osiromaše, posrnu.

I opet se po kući razastre i zacari miris tamjana, sveća, kandila. Opet počeše da se crne šamije matere mu i ostalih žena, opet sluge, sluškinje uzeše onaj svečan, miran i zasićen usled jela i pića, od gotovljenja i iznošenja za dušu, izgled.

Mladen je to voleo. Čisto mu je godila ta kućna tišina, ukočenost. Ono večito provetravanje babinog sopčeta, one ispred kuće na užetu poređane isparene i vrele njene haljine, postelja, jorgani i dušek u kojima je umrla.

A tada je bila baš i jesen. Jesen uveliko, prežutela, obrana, i odavno pokrivena žutim opalim lišćem; nagurano i oterano svako u svoju rupu, između brazda, uza zidove, ispod kamena, greda, sve se to sleglo i čeka da dođe zima i pokrije, zaledi i uništi sasvim. Pod nogama osećalo se kako je već i zemlja tvrda, suha, krta.

Mladenu je to bilo ugodno. Ugodan mu je bio i korak. Osećao je ugodnost od te oštrine, zime koja se nagoveštavala, mrznula i s dana na dan sve bilo čistije, oštrije.

Poslovi su bili u najvećem jeku.

To je bio kao neki izlaz za sve njih. Smrt babina čisto kao da olakša i celoj kući skinu neki, ne teret, nego nešto staro a pri tom teško.

Naročito je to bilo za majku Mladenovu. Svesrdno ju je oplakivala, plakala za njom, odlazila na grob, ne propuštala nijedan praznik, nijednu subotu a da joj ne ode i uvek ponese ponude da razdaje. Parastosi, četrdesetodnevice pravile se kod kuće, čitave se večere, gozbe priređivale u pokoj duše joj. Ona, mati mu, svesrdno davala, ne žalila ni jela, pića, gotovljenja, ali, kao što rekoh, pored sveg njenog svesrdnog plača, tuge za babom, svojom nanom, svekrvom, ipak kod nje, i u licu i u pogledu, osećala se sad neka veća sloboda, odrešenost, lakoća. Da li što je sada, posle svekrve, ona prva, ona postala gospodar, ili, istina i sada je kao i pre radila, onoliko kuvala, onoliko trošila, ali sada kao bez trepeta, ne bojeći se da će, ako pogreši, mada nikad nije grešila, biti grđena, prekorena. Sada nema od koga za to da strepi, bila je sama gospodar, slobodna.

Mladen je to uvideo, znao da je to uzrok. Još je uvideo to po tome što sada i ona, mati, i žene iz komšiluka, pa i tetke mu, strine, nekako su češće i slobodnije dolazile, posećivale se. I uvek ih je kod njih bilo. Ili su radile ili razgovarale. Koliko ih je puta Mladen zaticao: dole, u sobi, u kujni, raskomoćene, u razgovoru, ćeretanju, i to nekako slobodno, milo. Mladen bi ih ostavljao. Samo, da ne bi jače u oči palo to njihovo, cele kuće, oslobođenje, radost zbog nestanka babe, on se kao i pre držao odvojeno. Retko se međ njima zadržavao.

Koliko puta uveče, kad dođe kući, vidi da su još tu. Kroz osvetljene prozore vide se okačene njine kolije, stajaće anterije. Kad uđe, njega zapahne miris njinih ženskih odela, šalvara, mintana. Sve ustanu. Mati mu, srećna, izlazi preda nj i veli:

— Eto, sinko, zarazgovarale se pa... — kao da mu se izvini.

— Ako, ako — odobrava joj on. I ne seda. Pošto se, stojeći, sa svakom zdravi, raspita, odlazi gore, na gornji boj, ostavljajući ih same da i dalje sede, razgovaraju se dokle god hoće. Čak do crnog mraka, kada ih ili koji od slugu im sa fenjerom ili koji od njihovih muževa dođe i odvedu kući.

Znao je Mladen da je zato, zbog nestanka babina, njenog gospodarstva, mati mu sad tako vesela, srećna, i nije se ljutio. Znao je da tako mora da bude; samo, gledao je da to suviše ne bude, ne upadne u oči i time kao greh postane.

Ali, mada je to bio uzrok njenom i cele kuće i rodbine veselju, slobodi, ipak iznenadi ga drugo nešto. A to je što, posle po i više godine, od nekog doba počeli poneki put, kao u razgovoru, da nagoveštavaju o njegovoj ženidbi. On isprva nije na to obraćao pažnje. Kao i uvek, s podsmehom odbijao je ravnodušno. Ali, sada počeli otvoreno, slobodno da mu pominju. Pre su prvo kod babe a njemu samo krišom. Sada, čak i formalno su dolazili, nudili: pratio me taj i taj, tu i tu devojku, ako hoćeš, odmah, toliko i toliko nosi. I posle svakog dolaska navodadžija k njemu u dućan, prilikom njegova dolaska kući materino neko radoznalo, ustrašeno gledanje u nj, ispitivanje. Mladen to nije primećivao.

U tom šiljanju navodadžija, nuđenju devojaka, pored matere, bila je naročito i Jovanka. Ona je više na tome nego mati mu radila. Ko zna zbog čega. Više kao iz inata, kao pakosti, jada, da ga vidi oženjena, da vidi kakav će, kao mladoženja, stidljiv, srećan izgledati. O da, ah da! Možda, sigurno zato da, kad zagrli ženu, razočara se, onda se seti, oseti svu razliku, lepotu njenih prsiju, njena lica, usta, očiju koje nije hteo. Možda je zato Jovanka, pored matere mu i cele rodbine, najviše na tom radila, iznalazila sve lepše za lepšom partijom, celog dana s materom govorila, udešavala, nalazila navodadžije, dok naposletku Mladen ne uvide i ne seti se. Seti se da zato, zbog tih glasova o ženidbi, silnih navodadžija, već i momci u dućanu i ostali po čaršiji drukčije, nekako slobodnije ga gledaju, razgovaraju se s njime. Seti se da je sada zbog toga ta navala, što su do sada mislili da on zbog babe, zbog njene strogosti, ne sme da se ženi, pa, pošto je sada nema, sada može, sme. U tome, i zato je valjda i bila onolika materina veselost, radost, što se nadala, sigurna bila da, nestankom babe, neće imati više on čega da se boji, da se ne ženi...

I kad Mladen to vide, jedne večeri, ljut, prek, dozva mater k sebi gore:

— Što ste pobesnele? — preseče je ne dav joj čestito ni da stane.

— Što, sinko?

— To! Sto puta, ne jedanput, rekao sam o toj ženidbi. I neću da čujem da mi se spomene, a kamoli da mi još ko dođe i pita me za to.

— Ne znam ja, sinko, ništa! — mucala je i drhtala.

— Sad znaš i idi!

Kako je ona otišla, i sišla, ko zna, samo posle po časa, odozdo dotrča uplašen i usplahiren brat mu:

— Bato, nani pozlilo!

— Šta joj je?

I ne hte da siđe, ni da vidi. Samo čuo kako ona iz kuće izlete. Za njom brat mu sa svećom, da ona gde u mraku ne natrapa, spotakne se. Ona je bila čisto luda, bez svesti. Išla je, obilazila je oko kuće, kao da bi htela da pobegne. Oko nje uplašeno optrčavao je brat mu i, preplašen, plačno je zvao da se osvesti, pribere.

— Ostavi me, bre!... — plakala je ona i dalje ludo, besvesno, sa rukama pod pazuhom išla i naricala, plakala: — Kuku, kuku, sine! Kuku, čedo! Kuku, mrtvo dete moje! Šta majka dočeka!

Mladen gore sa podbočenom glavom, sa ispruženom zgrčenom rukom, slušao je, gutao jed, ljutnju. Nije smeo dole k njima da siđe jer, bojao se, zaboraviće se i čisto bi je tukao, toliko mu ona dođe teška, mrska sa tim njenim naricanjem, kuknjavom. Ko se nadao da će se ona toliko zaboraviti, što će on biti „suv", bez žene, bez poroda.

A ona nikako da se uteši. Nekoliko dana trajalo je. Danju i kojekako. Smirila bi se, zaboravila u poslu. Ali noću, kad sve legne, pospi, Mladen bi gore čuo odozdo kako kroz tavanice iz sobe njine dopire plač, jecanje, uzdasi, i to takvi duboki, žalosni uzdasi, da bi Mladenu postelja ispod njega zadrhtala... Znao je kako ona sad, ne smejući zbog njega ovamo gore, da je ne bi čuo, grca, plače, trese se i uvija jorganom, da se ne bi čulo.

To je bilo svake noći, sve gore, sve teže, dok jedne noći Mladen, osećajući kako će pući od jada, slušajući kako ona, misleći da oni već spavaju, predala se i na sav glas kuka, jeca, ne diže se, siđe i ode do nje. Zateče je povezane glave, uplakanu, svu mokru od suza, plača. Priđe joj i naže se. Nikad dotle nije se osetila tolika ljutnja u glasu mu. Čisto se tresao nad njom:

— Što plačeš?

Ona, kupajući se u suzama, okrenu glavu od njega:

— Oh, bre, sinko!

— Što me živoga oplakuješ? — i nastavi s gorčinom: — Čuj! Ako ne prestaneš, sutra odoh i nikad više nećeš me čuti...

— Ne, čedo!... — poče ona preneražena.

On ode.

I nikad više ona ne... [zaplaka]. Ali, kao presečena time, njeno lice kao da ostare, omekša. Podvaljak joj se zbrčka, i njen meki, topli materinski pazuh, prsa, kao da usahnuše, izgubiše se. Korak, kretanje postade joj sporije, učmalije. Svakad sa zavučenim rukama u pojas, pod grudi, videla bi se kako ide, nadgleda, radi, sprema. A od Mladena čisto je strepela. Sasvim ga, od straha, ostavi, napusti. Drhtala je pred njim. Pred dolazak mu iz dućana, na ručak ili večeru, ona bi se uplašila, užurbala. Počela bi da zaviruje, čas u kujnu, čas gore, u njegovu sobu; da žuri sluškinje, sluge, da rade, svrše što treba da, kad on dođe, ne primeti što, ne namrgodi se. I kad bi došao, dočekivala bi ga ponizno, strahom sedela ispred njega dok bi ručao ili večeravao, nadgledala da mu se sve donese, ništa ne zaboravi. I sve tu ispred njega bila, dok god se on ne bi povukao i otišao.

I opet otpoče život po kući kao pre, kao što je trebalo...

VII

Ali i to prestade. Prestade da se raduje uspehu u radnji, množini novaca, uspehu u čaršiji, rodbini. Naročito u rodbini, što sve dovede u red, sve ih oko sebe iskupi, podvrgnu pod sebe, zaplaši sobom, da su time, strahom od njega, svi pregli na posao, ušli u red. Nije moglo više da bude ni svađa, ni zađevica. Još manje, kao po drugim familijama, one neposlušnosti, besa, kao neko odmetanje mlađih od kuće, roditelja.

Jedanput je bilo samo što je popustio, smilovao se.

Bio je to jedan rođak, jedne njegove tetke sin. Ona ostala davno udovica. Imala samo to muško. I tamo, u Odžinci, sa tim svojim sinom živela nešto od imanja što su imali, a ponajviše od rada. Naročito u poslednje vreme, kad joj ojačao sin, postao veliki, baš se bili otrgli. Sin joj je počeo uveliko da sadi i suši duvan. Istina, kao i svima, tako je i njemu Mladen pomogao.

On ga je, istina, viđao ali ne baš tako izbliza, još manje da mu je on ovako, nasamo, izlazio, da ga je on zvao. Bio je pitom i pun neke svežine, one poljske, a međutim lica kao u devojke. I što Mladena najviše dirnu, to beše ono njegovo ponašanje čim uđe, pojavi se još na pragu. Znajući da je već sve svršeno, jer čim ga je on zvao k sebi, to se zna... [da je za kaznu], on, ne znajući šta će, od srama, stida i bola, zgranu se i, pokriv lice rukama, odjednom, mesto da nazove boga, progovori ma šta, on, kao dete, grunu u plač:

— Tetine, tetine!...

U tom plaču nije bilo ni prekora, ni molbe, ni žaljenja, već samo plač, strah od njega, Mladena, jer je znao šta ima da bude čim ga on zove. I taj toliki strah koji Mladen vide, koji je on rasprostro međ svojima, to Mladena kao potrese. Usne mu zadrhtaše, grlo mu samo prionu i, kad sačeka da se on sav crven, okupan suzama smiri, pribere, reče mu:

— Nemoj. Sramota je toliki pa da plačeš.

Posle, materi mu poruči da: ne dira dete i neka mu uzme onu koju on želi. I posle, i dalje ih je pomagao, oni kao i pre dolazili. On postao dobar, već sasvim svoj domaćin. Ipak, Mladenu je bio neprijatan. Neprijatan kao svedok koji ga je opominjao koliko i koliko...

———

Jedno veče odazvaše ga. Mnogo joj... [Jovanki] bilo teško od pre ručka. Bila na samrti i nisu se nadali da će se povratiti. Ali povratila se, i prva reč bila je on. Njega zove.

On ode.

Ležala je kao i pre. Pretrpana jastucima, jorganima, sa izbačenim rukama preko jorgana i zavaljenom, okrenutom ka vratima glavom.

Čim Mladen uđe, njega porazi onaj pogled i osmeh kojim ga je dočekala. I lice bilo joj drugo. Ne staro, izmučeno ropcima, samrtnim mukama, već bledo, čisto, sa uprtim očima bolnim, i milim osmehom. I čim ga ona sagleda, kao vide, upozna, pa samo kao da se nasmehnu, a ču se zapevka:

— Nane!

— Sveću! — viknuše.

Mladen se, neugodno potresen, ljut što ona time i sebe i svoju ljubav izdaje, povuče gotovo ljutito u kujnu. Tamo naiđe na muža njena. I čisto da prikrije a da kao ispita da li on, oni, svi, u tome što ga je zvala, vide nešto, nagađaju, upita ga:

— Što me je zvala? Da nije imala nešto u amanet da ostavi. Da niste o tome govorili, pa imala kakvu ostavu za crkvu da ostavi?...

— Ne — odgovori — nego tako. I pre dok je... [ležala], ona je uvek ili tebe ili oca pozivala. Vas dvojicu samo imala je na zemlji...

———

Pokatkad zanese se. Ostane sam kod kuće. Praznik. Majka mu, sa bratom i snahom, odu u pohode po familiji. Svečano, lepo, srećno. Njega već i ne pitaju. Kao da su ga manuli, ostavili. I, samo kad se obuku, pođu, oni dođu do njega da mu se jave.

— Tate, mi odosmo! — veli mu snaha i prilazi ruci.

Brat mu, njen muž, on iz svoje nove kuće pravo s majkom odlazi na kapiju. Kao da im je neugodno da ih on vidi tako zadovoljne, srećne, što će da se provode, šetaju. Stid ih od njega. Zato oni iz kuće pravo odlaze i čekaju nju kod kapije, dok ona ovamo kod njega dođe, da mu javi za njihov izlazak, poljubi ga u ruku i vrati se.

Mladen zna sve to. Oseća. Oseća kako snaha mu, ljubeći mu ruku, ovlaš je i brzo dodiruje, žuri se da što pre skloni se ispred njega, ode s mužem na sedenje, veselje, ćeretanje.

— Ako, sinko! — veli joj. — Samo, gledajte, ranije dođite. Nemojte da se zadocnite.

To kao običaj, po dužnosti govori joj, a zna da će se oni, ako ih tamo, kod prijatelja mu, zadrže, ostave na večeru, vratiti čak u noć. Zna on to, ali tek njegova je dužnost da kaže, posavetuje.

Oni odu, zatvore kapiju. On ostaje sam. Sedi do prozora u sobi. Prekrštenih nogu, zavrnutih rukava od košulje, rashlađen, raskomoćen, sa uprtom glavom u dvorište kroz prozor, ostaje on da sedi, ćuti, misli. Oseća kako dan, i to neiskazano visoko, nekako više njega i iza njega, gore po nebu, diže se, rasteže i pada. Gleda kako bašta, zelena, velika, gusta, sa uređenim lejama a prošarana osušenim belim tuluzinama obranih kukuruza, miriše sveže. Kako se prema bašti jasno, belo ocrtava nova im kuća. Njeni pravilni prozori, zidovi. Kako po ulici, iza kapije prolaze ljudi, idu bilo svojim kućama, bilo na sedenje, večeru, veselje. Iz čaršije opet žagor, kretanje. Iz koje kafane čuje se svirka. A opet, sve to od njega nekako udaljeno, visoko i zajedno sa mrakom, noći odlazi, diže se od njega, usamljuje ga...

I čim to dođe, čim počne takva usamljena noć da mu se predskazuje, da je oseća, odmah se diže, pali sveću, pušta kapke i zatvara prozore. I prema sveći, s naočarima, s brojanicama, nagnut nad knjigom, čita uvek Stari zavet. Čita a gorčina ga davi. I, po nesreći, uvek naiđe na psalme koji se s njim podudaraju, njegovo iskazuju: *Zarobljen sam, Bože!*

I tobož od pobožnosti pušta na volju... [suzi, bolu]. Čita psalme, vapaje, bol. Čita kao sebe da čita.

Čita dok god se njegovi ne vrate, ne zateknu ga nad knjigom i, od straha, ne smejući da ga oslove, samo prođu pored njegove sobe, da ih on čuje da su došli. A on ih čuje i posle, dalje, kako krišom, iz potaje odu u podrum, da valjda još jedan bokal natoče i da tamo, daleko od njega, popiju, rašćeretaju se...

Koliko puta, usred zadovoljstva, mira, njemu presedne. Obično posle večere, pozno u noć, u jesensku noć kad ostane sam u sobi, u postelji ležeći. Leže rano, samo da bi što pre oslobodio ukućane. Dok on još nije legao, svukao se, zna se da mora sve kao što je. Da su tu, u staroj kući, po kujni. Zna se da niko ne sme pre njega da ode, legne, razuzuri se, oslobodi. I, da bi oni bili što pre slobodni, uvek je i preko volje rano legao, gasio sveću, činio se da spava, da bi mogli onda mati mu, brat, snaha da odu u novu kuću i tamo, oslobođeni, sedeti, razgovarati.

Koliko puta tako Mladen, slušajući kako u sobi vlada tišina, toplota, meka ututkanost, iza njega spremljena čista prostrta postelja, ispod glave jastuk s novcima, raspasan pojas, kolija; kako tamo, kod brata u novoj kući, majka nešto posluje, unosi, iznosi. I to tiho, kao strepeći da njega ovamo ne probude, ne razbiju mu san. Zna da majka mu, slobodna tamo, kod nove snahe, mlađeg sina, možda donosi vina da svi zajedno, u novom stanu, piju više nego što im je za vreme obroka zajedničke večere bilo dovoljno... A možda brat mu, mlad, srećan, tek sad oženjen, odvojen od njega, u svojoj sobi, slobodan, znajući da ga neće videti...

On, ovamo, iznenada, uzdahne. A kako bi voleo da se oni njega ne stide, da je on tamo s njima, piju, vesele se! I od gorka jada, derta, puni čašu vina iz čuture, nalivenu diže da je pije, onako gorak, žedan, da je svu, naiskap... Ali, dižući je, u isto vreme oseti da će mu to još malo vina, više od pola ako je ispije, kao uhvatiti ga i, možda, sutra biće mu teško. Prepiće i našto onda nov bol, jad, što se noćas nije znao da umeri, pije koliko treba?

I zato, čisto od jeda, ostavlja čašu i leže, ne da spava, nego da leži, sluša kako noć tiha, za tolike mirna, zadovoljna, polako sve se više hvata, dolazi...

A njega san ne hvata...

VIII

Puče puška. Ču se da je Leskovac pao, Grdelica osvojena. Počeše da grme topovi iza Pljačkovice i Krstilovice. Poče da grca i puni se carski drum od pobegle vojske, bašibozuka i Turaka što ostavljahu Niš, Leskovac.

Čaršija se zatvori. Naši, ostali, počeše da traže turske kuće bogatih Turaka, i da se pod njihovo okrilje stavljaju, osiguraju se od napada, pljačke razbijene vojske i begunaca Turaka. Bogatiji spremali su se, opet, da beže, idu u Leskovac, Niš, gde je bila srpska vojska. I svi su trčali oko njega. Čekali da on kaže, odluči se pa da pođu, ali on, kao da nije ništa bilo, kao uvek pribran, miran. Izlazi pred dućan, seda na ćepenak i s prekrštenim nogama, izuvenim cipelama, brojeći brojanice, kao u najmirnije i najsvečanije dane, sedi.

A topovi ne da grme, približuje se huka, čak se oseća i miris baruta. On sedi kao da nije ništa. Samo na licu mu kao neki odsjaj, vatra, smeh.

— Hajde, gazda-Mladene! — trčkaraju oko njega preplašene komšije i počnu da mu govore kako su oni sve spremili, posakrivali stvari, natovarili na kola i samo njega čekaju da se on reši i pođe.

— Hajde, već Grdelica pala. Eno po selima već se viđaju Srbi.

On ne odgovara. Miran. Samo, kao da ne može da izdrži nešto u sebi što ga guši, te se hvata za grlo i tare ga, i smejući im se odgovara:

— Čekajte! Sad ćemo, sad.

I posle, opet kao pre, ne rešava se, ne odlučuje. Ovi jednako čekaju, trčkaraju oko njega. On ih uvek umiruje, kao hrabri. A međutim sve više beže iz ostalih mahala Turci, te se i oni spremaju da beže.

— Hajde, gazda-Mladene. Nemoj više. Svi ćemo da izginemo!

Dotrčaše do njega i počeše da mu pričaju kako se Turci, spremajući se da beže, dogovorili da prvo ispošlju žene, decu, i onda da se vrate i sve Srbe poseku po varoši.

— Hajde, gazdo!... Turci ispraćaju bule, domazluk, pa će posle da se vrate i sve nas iseku. Jer Srbi već sve uzeli. Evo ih u Pljačkovici, Krstilovici. Sad će ovde pokolj.

On se reši.

— Idite vi, ja neću. Zar, kad dođu naša braća, pusto da nađu? Da nema ko da ih dočeka... vino, rakiju... da ih ugosti?...

I oni odoše, on osta. Zaista ne ode. S ostalima posla i svoje.

. . . .

[Materi veli:]

— Hajde ti! Dosta. Ne možeš sve da poneseš.

Ali ona nije nosila ništa. Samo, kao luda, čisto izgubljena, ne znajući gde će od teške muke, išla je iz kujne u sobu, iz sobe u podrum, i jednako, jednako nadala se, drhtala da će naposletku i on da se predomisli, reši i on s njima da putuje. I ne znajući da to zato čini, jednako se vukla, išla, kao da ima tobož još šta da ponese, jednako čekajući kao na to njegovo rešenje, da i on s njima ode, ne ostaje sam, u sigurnoj, jasnoj smrti.

A da mu kaže? Ko sme da mu kaže? I zato, klecajući, obamirući, išla je, vukla se, a svakad sa uprtim, preklinjućim pogledom u njega. Suze samo što joj ne grunu i ne zakuka uglas. Pa bar da sme da ga izljubi! Ni to. Eno ga kakav je: strog, nem, kamenit. Samo strogo stegao usne i kao da ne diše. Čisto čeka da oni odu, što pre, kao u inat nekom da odu, da ih isprati, a on da umre.

Mladen stojeći na kapiji, do kola u kojima su već bili brat mu i snaha, gledao je mater. Pogađao je, znao je zašto ona sada tobož tako ide, luta, kao da je nešto zaboravila da ponese. I, s neiskazanim bolom, gorčinom, koja mu je palila grlo, išla na nos, mislio je kako i sada, na poslednjem možda rastanku, mora da je prema njoj strog, suv, čisto da je preseče i zapovedi da što pre seda u kola, da bi što pre otišla. Mora, jer eno drum počeo sve više da se puni, crni, zakrčuje kolima ostalih begunaca. Zato Mladen, skupljajući svu snagu, ne mogući više da je gleda kako jednako lunja, ide po već pustom dvorištu, praznoj kujni i kući i jednako u nj preplašeno, molećivo, ubijeno gleda, naposletku što strože viknu, oseče se na mater:

— Hajde već! Dokle to? Hajd' odmah!

Ona samo klonu. Vide da je sve svršeno. I ne znajući šta više može da radi, sa oborenom glavom, kao presečena, pođe kolima. Toliko je bila ubijena da, prolazeći pored njega, nije smela ni da ga se dotakne, oprosti se, zagrli ga.

— Poljubi me!

Nikad u životu tako gorko, bolno kao tad što prošapta Mladen, videći kako ona ne sme da se oprosti, ali uzdržavajući se da ni brat ni snaha to ne čuju.

Ona pade pred njim.

— Oh, bre, sinko!

Sam je on morao da se do nje sagne, čisto uzme je, da bi mogla da stoji na nogama, da bi mogla da metne svoju malaksalu ruku oko njegova vrata, zagrli ga. Sam je on morao da joj prinese svoj obraz njenim ustima da bi ga poljubila. Sam ju je morao da unese u kola, ni toliko ona nije mogla, i da brzo, užurbano, kao da prekine, uništi sve to: suze, bol, stežući grlo, još jednom suho, strogo ponovi bratu sve ono što mu je već toliko puta kazao, naredio: šta ima da čini putem, u kojem mestu, u kom hanu da odsedne. Ima samo da se javi, kaže čiji je brat, i sve će imati. Za sve se on unapred postarao.

— I sad zbogom! Srećan vam put!

I s tim obrnu se od kola, ne mogući više da ih gleda, naročito mater, čiju je glavu video kako podržavana, naslonjena u snajkino krilo, samo se tresla, klimala, i, iz straha da je ne bi on čuo, čulo se kako uzdržano plače, jeca.

Nije hteo ni da ih, po običaju, odgleda dok ne iziđu i ne zamaknu iz ulice, već se odmah okrenu i uđe u kuću. I tu, u pustoj, ispražnjenoj kući čisto odahnu. Oseti se sam, siguran. Čvrstim polaganim korakom uputio se kući, i pošto još jednom pregleda po praznim sobama da li nije što zaboravljeno što treba skloniti i sakriti, pošto još jednom obiđe podrume, dvorište, on se onda povuče u svoju sobu. Sede da mirno, strogo čeka šta će biti. Da sluša kako čaršijom krče jednako kola bežanaca Srba i Turaka, i varoš se prazni, kameni, očekujući grmljavinu topova i pušaka, koja se još nije čula razgovetno ali naslućivala, osećala, približavala.

Sa jednim mangalom žara u maloj sobici, saračani, sedi. Sluša grmljavinu topova oko Dva brata. Tri noći bila gužva i vreva po varoši. On na život i smrt nagađa da li su Srbi ili Turci... Pa kada čuje da nada svu grmljavu odjekne huka kakvog silnog topa, on kao da je raspoznavao, uveren je bio da je to srpski top i, pošto je bio sam, zagrcnuo bi se brišući suze:

— Slatki moj top!

Mucao je i tepao mu kao svome čedu rođenome...

I kad je nastala pljačka turskih, a i srpskih dućana, magaza, svi ostali, prvi ljudi, gazde, dok su neki pljačkali, neki se gurali oko opštine za vlasti, položaje, gazda Mladen nije se video. Kod kuće je bio. Čekao svoje da se vrate iz Leskovca gotovo u praznu kuću, ceo dan šetajući se, živeći samo od duvana. Sit je bio. Samo je pušio. Čak, danju, nije se ni video, izlazio, kao da je spavao, da bi mogao što više noću da je budan, šeta se slobodan oko kuće, dućana. Kao da je time hteo da nadoknadi one silne noći pod Turcima kada nije smeo da iziđe, pojavi se od kuće u mraku, noći...

U prazničnom odelu, novoj koliji, čohanim čakširama, sa zasukanim rukavima, da mu se videla bela, nova košulja, ukrašena čipkama, sa natrag zabačenom i vezanom kolijom, da mu ne smeta u hodu, iznosio je kotlove pune vina. Nudio. Nije morao da nudi. Čim iznese, čuje gde mu vojnici, grabeći da piju, viču:

— Hvala, čiča!

On se zagrcne. Suza radosnica kane mu u kotao. On je vidi kako padne i odskoči od kristalne površine vina u kotlu. Zastidi se. Nabije čak do očiju šubaru, da mu se suze ne vide, i vraća se da još donosi.

A momku, tamo u kući, pokazujući na zapaljene grede, daske po krovu, veli:

— Gori, gori! Ne gledaj!... Braća naša!...

IX

Jedne večeri dođe ranije kući nego obično. Pravo ode u sobu. Sede. Ispred sebe metnu tefter, rasklopi, metnu naočare pa poče da računa. Kad se smrači, samo viknu:

— Sveću!

Mati mu unese. Sveća nova, u zlatnom visokom čiraku i upaljena osvetli njega spreda i mesto oko sebe kao kotur. Majka, kad je unese i stavi preda nj, zateče ga pognuta nad tefterom, sa perom iza uva, bez gornje kolije, već samo u jeleku čohanom sa redovima dugmadi spreda i krutom, visokom jakom.

Kad ona uđe, on diže glavu.

Na njeno: dobro veče, osta pognut nad tefterom, nabrana čela i nekako gorko, suvo ukočenih očiju. Ona, pošto ostavi sveću ispred njega koja ga osvetli, postoja i, kad on nikako se ne osvrte ka njoj, upita ga:

— Treba li ti još štogod?

— Ne — odgovori — nego kad dođe onaj (brat), kaži da ga zovem.

— On je, čini mi se, u gornjoj kući. Treba li ti odmah?

— Ne.

Ali posle, kao da se predomisli, brzo dodade:

— Dobro, zovi ga.

I, baciv naočare na tefter, osta da čeka, gleda kako majka mu, već ispunjena strahom, naslućujući šta će između njega i njenoga Mike da bude, odlazi ispred njega kao skamenjena, ubijena tugom, nesrećom.

Malo posle brat mu dođe.

Dođe tiho, nečujno, sa strahom, držeći fes u rukama i, kad uđe, ne usudi se da mu bliže pristupi, već tu, do vrata, stade.

— Evo me, bato.

Mladen diže glavu, pogleda ga. Otvori usta, a već oseća gorčinu u grlu.

— Tebi — poče on tvrdo, suvo — nije dobro kod nas. Mnogo radiš a malo imaš. A i to što imaš ne smeš da trošiš, rasipaš kao što hoćeš. Nisi svoj gazda. A hoćeš da si svoj, da se odeliš. Ne možeš više kod mene.

— Zašto, bato?

— Nema: zašto. Evo: ovo od oca je ostalo, ovo imamo, i sve napola. Ili, za tu polovinu što imaš, uzmi novac, da ti ja isplatim; ili ti moju polovinu isplati, pa ja da idem.

— Oh, bato. Zašto ti da ideš? — bolno poče brat mu.

— Ja da idem. Tako!

X

I posle kao da na sve namrznu. Ništa kao da nije hteo da vidi. Sve mu nije bilo kao što treba, ništa ne vredelo. Teško tome ko bi štogod učinio pogrešno! Nikad da mu on oprosti. Nikakav izgovor, nikakva molba, obzir nije pomagao. Toga nikad ne bi pogledao, ni progovorio s njime.

Pa i kad sve uredi, potčini sebi, kao preseče: da niko u kući, u dućanu, ne sme da radi drugo nego ono što je on rekao, da se ne sme ništa da čini, misli, želi, kreće se drukčije nego kao što je red, kao što on hoće — opet je bio isti. Suv, nem, star, spečen i gord. Znalo se njegovo šta je. Kad će ustati. Koliko će proći dok se obuče, umije, da ga onda čeka spremljena kafa, spremljene, očišćene kao ogledalo cipele. Kad će otići u dućan, pregledati ga, proći magaze, proći svuda a da za to vreme svi u dućanu, i brat, i sluge, stoje nemi, ukočeni, čisto da ne dišu, da se čuje kako šušti njegovo džube i udaraju zrna na brojanicama.

Posle će u crkvu. I tamo, u crkvi, moralo je biti kao kod kuće. Sve je moralo biti u redu, na vreme. I popovi, i klisari, svaki da je svoje svršio i gotovi da su kad on dođe, da počne jutrenje ili služba. Čak i prosjaci, poređani s obe strane, kad bi on dolazio, ustajali su, zbijali se unatrag od njega u redove, ne pružali ruke za milostinju. Zna se kad on daje.

Posle bi u medžlis. I tamo, ako neće ostali kao on, on bi uporno, uvređeno, gordo sedeo, ne govorio ništa, samo ćutao. Kao došao samo tek da je on u redu, da mu se ne kaže što, da on sa sebe skine svaku krivicu. Posle bi odlazio.

I, kad posle podne ne bi imao kakva posla, predveče, uvek bi izlazio izvan varoši, u tekiju, da tamo ispod redova gustih i visokih topola sedi, puši, pušta brojanice, da sluša kako više glave mu zanosno, predvečernje, sveže šušte topole i raznose ka vinogradima ćarlijanje, mirise... Pa da se opet vraća, prolazi kroz ulice, da mu žene ispred kapija, čim ga vide, ustaju i neme, sa strahom, ostaju stojeći dok on ne prođe suvo, sporo, visoko, a da se na njemu ne vidi šta je: da li je zadovoljan, da li ljut. Ništa.

Tako je i umro. Niko nije ni znao ni smeo znati kad je legao, razboleo se. Niko nije smeo da mu, kao ostalima, donese ponude, pita, moli. Šta je hteo, sam je naređivao.

I sahrana mu je bila takva. Tiha, stara, stroga. Svi su došli. Svi dotrčali. Svaki sa nekom žurbom, veselošću, radujući se što može da dokaže koliko su ga poštovali, bojali ga se, cenili. Svaki je žurio da učini što je njegovo. Cela ga je varoš sahranila. Sve su crkve zvonile. Svi su popovi sa vladikom bili. Čaršija bila zatvorena, i sva mu je bila na pratnji.

Posle sahrane devet sofra se izređalo i pružilo. Cele sedmice tovarima se na grob mu iznosilo, a kod kuće četrdeset dana su se, dok god mu duša iz kuće nije izišla, prosjaci cele varoši hranili i pojili.

Kad su, posle toga, naišli na tefter, otvorili ga da vide ko koliko duguje, u tom dugačkom, starom, njegovom rukom uredno vođenom tefteru, na jednoj strani, sasvim iznenada, nađeno je zabeleženo — ko zna kada, valjda u kakvo proletno sablazno veče, valjda u kakvu tihu i mirišljavu noć — i ovo:

Umreću ranjav i željan.

I potpisao se, ali ne: gazda, hadžija, već samo Mladen, i ništa više.

Borisav Stanković, jedan od najznačajnijih predstavnika realizma u srpskoj književnosti, rođen je 1876. godine u Vranju. Budući da je rano ostao bez roditelja, brigu o dečaku preuzela je njegova baba po ocu, Zlata, a njen život i priče o starim vremenima kasnije će mu biti inspiracija za mnoga dela.

U rodnom gradu završio je osnovnu školu i sedam razreda gimnazije, a osmi razred u Nišu gde je i maturirao. Ekonomski odsek Pravnog fakulteta u Beogradu upisao je 1896. godine.

Iste godine, kao student prve godine prava, ostaje i bez babe Zlate. Zbog materijalnih neprilika, dve godine kasnije prodaje porodičnu kuću u Vranju lokalnom svešteniku. Kuća je danas Muzej Bore Stankovića i nalazi se u Baba Zlatinoj ulici.

Tokom studiranja izdržavao se radeći kao praktikant u Državnoj štampariji, Ministarstvu prosvete i Ministarstvu spoljnih poslova.

Diplomirao je 1902. godine. Iste godine venčao se sa Angelinom Milutinović, uglednom Beograđankom iz svešteničke porodice, sa kojom je imao tri kćerke.

Godine 1903. dobija stipendiju Ministarstva prosvete i godinu dana boravi u Parizu. Po povratku u Beograd radi kao službenik na železničkoj stanici, kao poreznik, a zatim osam godina i kao kontrolor državne trošarine u Bajlonijevoj pivari. Godine 1913. ponovo prelazi u Ministarstvo prosvete.

Po izbijanju Prvog svetskog rata kao referent Crkvenog odeljenja Ministarstva prosvete i vera zajedno sa srpskom vladom povlači se u Niš, ratnu prestonicu Srbije. Pred austrougarskom i bugarskom ofanzivom srpska vlada i vojska prinuđene su da se evakuišu i iz Niša, a Stanković je tom prilikom bio zadužen za prenos moštiju Stefana Prvovenčanog do Pećke patrijaršije. Odatle je, januara 1916, stigao u Podgoricu.

Tu ga zarobljava austrougarska vojska i internira u Derventu odakle se, kad je pušten na slobodu 1916. godine, vratio u Beograd gde je svojim književnim i novinarskim radom, pišući kratke zapise i reportaže o životu u okupiranom Beogradu, pokušavao da prehrani porodicu.

Zbog saradnje i pisanja za „Beogradske novine" do smrti će nositi mučan teret moralne osude.

Preminuo je razočaran i usamljen u Beogradu 1927. godine. Sahranjen je na Novom groblju.

Objavljen posthumno 1928. godine, nedovršeni roman Bore Stankovića donosi potresnu priču o Mladenu, vranjskom trgovcu koji je ceo život proveo u senci tuđih očekivanja, žrtvujući sebe zarad očuvanja ugleda svoje porodice. Uspešan za svet, ali izgubljen za sebe, Mladen postaje simbol čoveka koji nikada nije bio svoj — budući da je ceo život bio ono što se od njega očekivalo. Bez suvišnih digresija i epizodnih skretanja, *Gazda Mladen* je sabijena drama unutrašnjeg rasula, roman u kojem Stanković sa izuzetnom psihološkom preciznošću osvetljava granicu između identiteta i dužnosti, pojedinca i kolektiva, ljubavi i odricanja. Njegova fragmentarnost, proizašla iz toga što je ostao nedovršen, romanu daje dodatnu poetsku snagu i enigmatičnost, čineći ga ne samo slikom jednog čoveka, već i književnim epitafom svima koji su živeli za druge — i zbog toga izgubili sebe.

Borisav Stanković
GAZDA MLADEN

London, 2025

Izdavač
Globland Books
27 Old Gloucester Street
London, WC1N 3AX
United Kingdom
www.globlandbooks.com
info@globlandbooks.com

Naslovna fotografija
Adina Voicu
(https://pixabay.com/photos/
fence-wood-brown-traditional-3771745)

www.ingramcontent.com/pod-product-compliance
Lightning Source LLC
Chambersburg PA
CBHW071839190726
48292CB00005B/1833

9 781916 918603